しっぽちゃん

群 ようこ

目次

ネコのトラタロウくん

サエコは大手の雑貨店に勤めている。ずっとその店の雑貨のファンで、雑誌に載っているのを見ては、こういう品物を扱う職業につきたいと思っていたので、学校を卒業して入社試験を受け、合格したときは本当にうれしかった。最初は店舗で販売をしていたが、配置転換でやってきた、売り上げ至上主義のくせに、商品のことが全くわかっていない店長の男性とうまくいかず、三年で本社に戻された。インターネット販売を扱う部署に配属され、ふと気がついたら入社から十年があっという間に経ち、年齢も三十三歳になっていた。

会社では同期入社のユキちゃんと気が合って、二人で会社の帰りに、ああだこうだと会社の人の悪口をいい、それでストレス解消をしていたのだが、出産を間近にして彼女の体調が思わしくなく、休職扱いになってしまい、サエコは気兼ねなく気晴らしができる友だちがそばにいなくなった。体調の悪い妊婦に、電話をしてあれこれ愚痴をいうのも気が引けるし、出産後はとんでもなく忙しい日々になるだろう。彼女が会社に戻ってくるまでの間は、自分で気晴らしをする方法を見つけて、ストレスを溜《た》めないようにしようと考えていた矢先、同僚のユカと衝突してしまった。

ネット販売の目玉として出した、プレートのセットに注文が集中しているのを見て、在庫管理をしていたサエコが通販ページ担当のユカに、このままでは在庫がなくなりそうなので、これからは在庫数を明記するようにしてと二度も頼んだのにもかかわらず、画面上は何の変化もなく、すぐに在庫は底をついた。

「あんた、何してんのよ。在庫の数を教えてくれないから売り切れたじゃないの。クレームをいわれるこっちの身にもなってよ」

ユカに怒鳴りつけられたサエコは、びっくりして、

「十日前に在庫不足になるっていったじゃないの。それでも売り切れ扱いになっていないから、五日前にもあなたに、ちゃんと在庫の数までいったはずよ。確認のメールも送っておいたわ。それを全部ほったらかしておいてひどいわ」

と反論した。彼女は「何も知らない」の一点張りなので、サエコも腹が立ち、

「十日前、あなたはピンク色のジャケットに黒いミニスカートを穿《は》いていて、パソコ

ンの前に鏡とキャスキッドソンのポーチを置いて、マスカラをつけてた。五日前は黒の上下にアニマルプリントのバレエシューズを履いてたわ。私が在庫のことを話したとき、あなたは私のほうを見ないで、『はあい』って返事をしたの。返事をしたんだから、わかったと思うのは当たり前でしょ」

と彼女の姿を思い出しながら、いい返した。

「私があなたの目を見て返事をしたら、『わかった』っていう意味だけど、そうじゃないんだったら、伝わったとはいえないわ。念を押さないほうが悪いのよ。第一、メールなんか見てないし」

ユカはしらばっくれた。彼女はどんな場合でも、「ごめんなさい」と「ありがとう」をいわないと、社内でも有名なのだ。あまりに呆《あき》れて、サエコは言葉が出せずに両手の拳《こぶし》を握りしめていると、やりとりを見ていた先輩が間に入ってくれた。

「そういういい方はないでしょう。聞いている限り、あなたの態度はよくないわ」

ユカを諭すと、彼女は目をつり上げて立ち上がり、

「イシノさんって、大嘘つきなんだから」

と再びサエコを怒鳴りつけ、大股《おおまた》で部屋を出ていってしまった。

「気にすることないよ。イシノさんは悪くないんだから」

みんなはそう慰めてくれたが、時間が経つにつれて腸《はらわた》が煮えくりかえってきた。自分は悪くないのに、どうしてあんないわれ方をしなくちゃならないのかと、どうしても納得できなかった。ユキちゃんがいたら、二人で食事をしながら、お酒も飲んで、ユカの悪口三昧《ざんまい》もできたのに、今はそんなことはできない。金曜日だから同僚の誰かが、

「一緒に御飯でも食べて帰ろうか」

と誘ってくれるかもと、ちょっと期待したが、そうはならなかった。体の中に重苦しい玉を抱えたまま、今日は晩御飯を作る気にもならず、サエコは駅前の総菜店で、一割引になっていた焼き魚弁当を買った。

住んでいるマンションの前まで来ると、駐車場の敷地を取り囲むように設《しつら》えられている植え込みから、かすかにネコの声が聞こえた。切羽詰まった感じの声を聞いて、サエコはしゃがんで植え込みの中をのぞき込んで、

「どうしたの？　そこにいるの？」

と声をかけてみた。そのとたん、

「みやーっ」

という叫び声と共に、ものすごい勢いで小さな黒い塊がサエコの胸にとびついてき

た。

「ひゃあっ」

不意を食らってサエコは尻餅《しりもち》をついた。びっくりしてジャケットの胸元を見ると、仔《こ》ネコが土だらけになって震えていた。みーみーと鳴き続けながら、必死に胸元にしがみついて離れない仔ネコをサエコは左手で抱え、右手に焼き魚弁当を提げて、急いで三階の自分の部屋に入った。

ばたんとドアを閉めると、仔ネコの鳴き声がだんだん静かになり、きょろきょろと見回しはじめた。しかし土だらけの前足は、ぎゅっとジャケットを握ったままだ。

「体を洗ってあげるね」

サエコは仔ネコを抱いてバスルームにつれていき、シャワーの音でびっくりしないように、洗面器に湯をためて手早く洗い、ドライヤーをかけると、仔ネコの体はふわふわになった。仔ネコを抱っこしながらハンカチやタオルを入れていた、四角い籠《かご》の中身を空け、持っているなかでいちばん柔らかいタオルを敷いた。

「ここにいてちょうだいね」

温かくてふわふわの小さい背中を撫《な》でながら声をかけ、体から離そうとすると、仔ネコはしがみついて抵抗する。大丈夫だからねと声をかけながら、体を撫で続けているうちに、気持ちが落ち着いたのか、仔ネコは籠の中に入ってくれた。ふんふんと匂いを嗅《か》ぎ、じーっとサエコの顔を見ている。彼女は急いでネコにとって必要なものをインターネットで検索し、

「いい子にしてるのよ」

と声をかけて、閉店間際の駅前のスーパーマーケットに走り、トイレ、砂、キャットフード、キャリーバッグを買った。レジに並びながらふと鏡を見ると、仔ネコが抱きついた薄いベージュのジャケットの胸元が、土と水で汚れていた。あーあ、汚れちゃったと、がっかりはしなかった。

走って部屋に戻ると、籠の中に仔ネコがいない。いったいどうしたのかと捜すと、ベッドの下で丸まっていた。

「御飯とトイレを買ってきたよ」

サエコはリビングルームの隅にトイレを置いた。仔ネコのほうを振り返ると、じーっと見ている。使わない皿二枚に、仔ネコ用の缶詰のキャットフードとドライフード。小鉢に水を入れた。

「おいで。お腹、すいてるんじゃないの」

仔ネコは缶詰が入った皿めがけて走ってきて、ものすごい勢いで食べはじめた。小

さな体なのに大きな口を開けて、あっという間にひと缶をたいらげた。隣のドライフードもちょこっと食べ、水をたくさん飲んだと思ったら、

「ふうう」

と大きなため息をついて、そこにころんと横になって寝てしまった。サエコはそっと両手ですくい上げるようにして籠の中に戻した。タオルのベッドの上で、仔ネコのお腹はまんまるくふくらんでいる。息をするたびにお腹が上下している。

突然の出来事にあたふたしたサエコも少し落ち着いてきた。あらためて仔ネコを見ると、黒と茶の虎柄で顔がまんまるだ。体に比べて顔がでかい。鳴いていなかったら、夜の植え込みの中で、絶対に見つからない色合いだ。サエコが顔を近づけても起きる気配は全くない。人差し指で頭を撫でてみた。くっと小さな声で鳴いた。前足を指先で持ってみた。こんなに小さいのにちゃんとネコの手になっていて、ピンク色の粒のようなちっちゃい肉球がついている。当たり前のことに、サエコはひとしきり感心した。仔ネコから見れば、自分は巨人のはずなのに、そのうえこれから何をされるかわからないはずなのに、無防備な姿で爆睡している姿に、サエコは笑いがこみあげてきた。

雑誌やインターネットの画像で、仔ネコの姿を見ては、かわいいと思っていたが、

サエコは現実に呼吸をして体温がある生きた仔ネコを見て、よりかわいさがつのったのと同時に、この生き物に責任が持てるかどうか不安になった。明日《あした》、獣医さんに連れていって、しばらくして仔ネコが落ち着いたら、誰かもらってくれる人を見つけようと考えた。仔ネコはそれからもずっと、爆睡したままだった。

翌朝、サエコは物音で目が覚めた。ベッドから体を起こすと、小さな黒い塊が室内を疾走していた。昨夜の爆睡した姿はどこへやら、仔ネコはフルスピードで1LDKを疾走している。いったい何をしているのかとよく見たら、どうやって見つけたのか、サエコの使っているカーラーをおもちゃにしていた。標的にされたカーラーは、追いかけられ、くわえられて放り投げられ、そこにくっついたよだれが室内のすみっこの埃《ほこり》をくっつけて、すごい状態になっていた。本棚の下のほうに置いてあった、化粧小物をいれておいた籠はひっくり返され、中身は全部、床に散らばっている。

「みーっ、みーっ」

サエコがパジャマ姿で、片づけている背後で、仔ネコは元気よく鳴いた。体全体に力が漲《みなぎ》り、しっかりした目つきで彼女の顔を見上げている。

「なあに？」

「みーっ、みーっ」

だんだん声が大きくなる。ふと見ると二枚の皿が空になっていた。缶詰を開けようとすると、皿にのせる間ももどかしいのか、「んにゃ、んにゃ」と鳴きながら、缶の隙間に鼻先をつっこもうとする。

「あげるから、待ってなさい」

缶から皿に移す間も、大声で「みーみー」鳴き続け、大きな口を開けてかぶりついた。

「すごい食欲ねえ」

呆《あき》れながらドライフードと水も置いてやると、あっという間にすべて食べきり、名残惜しそうに皿の匂いを嗅いでいる。それが終わると背を向けて、前足で顔をくりくりとこすりはじめた。虎柄のちっちゃい猫背がかわいい。

ふだんよりも一時間早く起こされたサエコは、着替えて朝食の準備をした。冷蔵庫から卵やベーコンを出すたびに、仔ネコがじーっと見る。

「これはあなたは食べられないでしょ」

そういっても、キッチンに目玉焼きを焼く匂いがたちこめると、鼻をひくひくさせながら、興味津々で眺めている。そしてサエコが右にいったり左にいったりすると、そのたびに足元にまとわりつくものだから、危うく何度も踏みそうになった。

仔ネコに穴が開くほどじーっと見つめられながら、朝食を食べ終わると、歩いて五分ほどのところにある獣医さんに連れていった。朝の疾走ぶりを見て、どうなることかと心配だったが、意外に素直にキャリーバッグに入ってくれた。

受付で仔ネコの名前を聞かれ、「昨日、拾ったばかりでまだつけていないのです」というと、「イシノ　ちゃん」と名前の部分が空欄になった診察券をくれた。仔ネコがすでに自分の名字になっているのを見て、里親探しの話がいい出しにくくなった。年輩の男性の先生は、二か月くらいのオスで、手足の太さからすると、大きくなりますよといった。診たところ特別な問題はなく、ワクチンや去勢の件もあるので、また来てくださいという。その間、仔ネコは興味津々で、診察室を眺めていた。

病院で終始おとなしかった仔ネコは、部屋に帰ってバッグを開けたとたんにとび出して、室内を疾走しはじめた。水を飲み、朝方あれだけ食べたのに、また御飯をちょっと食べた。お腹がふくれると、とことこ歩いて籠の中に入って、寝る準備である。うなじと首まわりを撫でてやると、顔を上に向けた。顎《あご》の下をさすると目をつぶって喉《のど》をごろごろと鳴らす。そしてざらっとした感触の舌で、サエコの手をぺろぺろと舐《な》め、体を何度もこすりつけてくる。

「んにゃあ」

と小さく鳴きながら、サエコの手を舐めて、体をこすりつけるという動作を何度も繰り返し、ごろごろという声がだんだん大きくなってきた。そのうち、

「んっ、んっ」

と鼻をならして、手の上にのろうとする。抱っこすると今度は、両前足でサエコのBカップの胸をもみもみしはじめた。

「あらま」

仔ネコの口からはよだれが垂れ、着ているTシャツの上に落ちる。しばらく揉《も》んでいるうちに仔ネコは爆睡態勢に入り、赤ちゃんのように抱っこをしてもらったまま、寝てしまった。お気に入りのTシャツの胸元には、仔ネコが爪でひっかけた穴がいくつも開き、よだれのしみができた。買って間がなかったので、ちょっとため息は出たものの、抱っこしている仔ネコを叱る気にはならなかった。

仔ネコは二時間ごとに目を覚まし、疾走したりじゃれたり、御飯を食べたりしてまた寝る。今まで走り回っていたかと思うと、見る間にことっと寝てしまう。食う、寝る、遊ぶと単純にできているのであった。

その日の夜、仔ネコがカーラーにじゃれついている間、サエコは実家で一人暮らしをしている母親に電話をした。

「仔ネコを拾ったんだけど、飼わない？　昨日拾って、今日、獣医さんに連れていったの。トイレも一回で覚えたし、手間はかからないと思うんだけど」

「仔ネコ？　うーん、いたらかわいいだろうけど、飼うと旅行に行けなくなるでしょ。お母さん、最近、バス旅行にはまっちゃって。泊まりであちこちに行ってるのよ」

話が長くなるので、脈がないとわかった時点で切り上げようとしたら、案の定、

「ところであんた、ダルビッシュは見つかったの？　あっちのサエコは二人目の子供を妊娠したっていうじゃないの」

といいはじめた。母親はダルビッシュ有《ゆう》の妻が、娘と同じサエコという名前だと知ってからは、「あっちのサエコとこっちのサエコ」といいはじめ、話すたびにこっちのサエコに、

「早くダルビッシュみたいに、イケメンで稼ぎのいい男をつかまえなさいよ」

とうるさいのだ。サエコが黙っていると、「仔ネコなんか拾ってる場合じゃないよ」

と追い打ちをかけてくる。

「ダルビッシュはマンション前の植え込みの中にはいないからね」

サエコが切り返すと、母親は、

「あっはっは。そりゃそうだ。その仔ネコちゃんに、ダルビッシュっていう名前をつ

けてかわいがってあげたら」

と大笑いしている。何なんだよとつぶやきながら、サエコは、

「はい、はい、じゃあね」

と一方的に電話を切った。

リビングルームを隅から隅まで使って、走り回りジャンプする仔ネコを横目で見ながら、さてどうしようかと悩んだ。結婚している姉の家には、五歳と三歳と一歳の男の子がいるから、仔ネコどころではないだろうし、ユキちゃんもだめだ。やはりインターネットか獣医さんで、里親を探すしかないなと、あれこれ考えながらふと見ると、さっきまで疾走していた仔ネコが、小首をかしげながら、ちんまりと座っていた。

「どうしたの、飽きちゃったの」

声をかけると、仔ネコはサエコの胸にとびついて体をこすりつけ、首筋や顔を舐めてきた。体の割にしっかりした前足がTシャツをわしづかみにして、離そうとしない。さっきまで電話で話していたことを、仔ネコは遊んでいながら、聞いていたのかもしれない。人間の言葉を完全に理解しないまでも、何かを感じ取ったのかもしれない。母ネコと離れ、ひとりぼっちで植え込みで土まみれになっていたこの子は、どんなに不安で寂しかったことだろう。それがやっと暖かい部屋に連れてきてもらい、御飯も

食べさせてもらったと思ったら、連れてきてくれた人は、自分をこれからもかわいがってくれる気はないらしい。

サエコは仔ネコが考えたであろうことを想像して、不憫《ふびん》になった。ペット飼育可のマンションに住んでいて、自分に育てる自信がない以外は問題がないのに、簡単に仔ネコを手放してしまうほうが、罪なような気がしてきた。仔ネコはいやだいやだというように、頭を何度もサエコの胸にこすりつけてくる。

「うちの子になる？　それでもいいの」

仔ネコはじっとサエコの顔を見て、

「あん」

ととってもかわいい声を出した。そのまん丸で一途《いちず》な目を見たとたん、サエコは里親探しをやめた。虎柄のこの子には、元気よく育ってもらいたいという願いを込めて、トラタロウと命名した。

「イシノトラタロウくん、はーい」

サエコがトラタロウの前足を持って上に挙げると、小さなピンクの肉球が見えた。眠くなって目をぱちぱちしはじめたトラタロウは、もそもそっと体を動かしてサエコの胸元から離れたので、寝場所の籠《かご》の中に入れてやると、すぐに丸まって寝てしまった。サエコはその寝姿を携帯で撮影し、トラタロウのためにキャットフードやおもちゃを買い出しに行った。これから十数年は彼とつきあっていかなくてはならない。彼の一生に責任を持たなければいけないのだと、自分自身にいいきかせた。

トラタロウは獣医の先生がいったとおり、むくむくと成長した。というか成長しすぎている。ワクチンを打ちに行ったときも、

「予想を超える体重の増え方ですね。すでに五キロ近くありますよ。このままだとダイエットが必要になるかもしれない」

と釘《くぎ》をさされた。何事も気にしない、のんびりとした性格が、体重増加に一役買っていたのかもしれない。会社に行くときに、後追いされたらどうしようと心配したが、それは取り越し苦労だった。ただ帰ってくると、俵のようなぱっつんぱっつんの体でとびついてきて離れようとせず、太った体での敏捷《びんしょう》な動きはまるで相撲取りのようだ。あだ名は「トラの山」にした。かわいかった仔ネコは顔がでかく、名前どおりいかにも元気な「トラタロウ」そのものになっていった。

会社でもネコを飼いはじめたといったら、それを聞きつけて、あまり話をする機会がなかった同僚や先輩が、私も、僕もとやってきた。彼らは数年前から「ネコ部」を作っていて、ネコ話で盛り上がっているのだそうだ。当然、サエコもネコ部の部員に

させられた。なかにはいつもクールな営業課長がいて、ネコの話をするときに、ふだんの彼からは想像もつかないほど、目尻《めじり》を下げてうれしそうな表情をするのには驚いた。サエコは「ネコ部」の部員と一緒に昼御飯を食べにいき、そのときにお互いに携帯の画像を見せ合って、話が盛り上がるようになった。部員にトラタロウの画像を見せると、まず、

「あはははは」

と笑われる。そして次に、

「顔、大きくない？　アングルのせい？」

と聞かれ、このままだというと、また、

「あはははは」

と笑われ、そしてやっと、

「かわいいねえ」

といってもらえる。笑われても全く腹が立たない。それどころか笑ってもらえるとうれしくなってくるのだ。

ネコが喜ぶおもちゃ情報、キャットフード情報などを交換し、トラタロウがネコ草を食べて吐いたとか、初心者のサエコが気になったことも、彼らに相談して何でもな

いことだとわかってほっとしたりした。またネコの話だけではなく、仕事上の悩みも話せるようになって、サエコの会社での人間関係はあっという間に広がっていった。

「これもトラタロウのおかげだよ」

「ネコ部」では男前だと評判がいいよ、今日も次長が褒めてくれたよと、事あるごとに話しかけると、褒められているのがわかっているのか、トラタロウは上機嫌で、

「ぐふー、ぐふー」

と鼻の穴を広げながら、サエコに重量のある体を押しつけてくる。その次にはこれまたものすごい脚力で、サエコの胸をもむ。仔ネコのときとは比べものにならない力強さだ。たまに胃をもんでいたりもするが、トラタロウにとっては、乳でも胃でもさほど問題はないらしい。「ネコ部」の先輩からは、それは仔ネコが母乳を飲むときにしていた動作だと教えてもらった。まだ母親に甘えたかったのに、何らかの事情で離れてしまうと、仔ネコのときにやり足りなかった分、大人になっても、もみもみし続けるという。はじめてネコと暮らすサエコにとっては、知らないことだらけだった。

会社で嫌なことがあっても、トラタロウの顔を見ると、すっと怒りの感情が薄らいでいった。ユカとの関係も改善されたわけではないが、ああいう人なのだと思えるようになった。それまでは一人になった部屋の中で、ただひたすら悶々《もんもん》と悩み、暗い気

持ちになっていたのが、部屋に帰ってトラタロウと遊んでいると、まあ、いいかという気持ちになってくる。ときには、

「こんなことがあったんだよ」

と愚痴をいうこともある。するとトラタロウは、まん丸い目を見開き、じっとサエコの顔を見て、力づけてくれるかのように、

「んにゃあ」

と元気よく鳴くときもあれば、すっと姿を消して、新しくお気に入りになった、ネズミのおもちゃをくわえてきて、ぽとんと足元に落とし、「そんなことより遊んでよ」と催促するときもある。サエコは友だちもトラタロウも、愚痴をいうためにいるんじゃないのだと、反省するようになった。

ふだんは一緒にいられる時間が少ないので、土日は思う存分、遊んであげる。トラタロウはヘビー級の体で、ネコじゃらしにとびつき、ボールを追いかけて室内を疾走する。

「うちにきてくれてありがとう。こっちのサエコの相手はトラタロウだね」

そういいながら抱っこすると、トラタロウはすでにごろごろと喉《のど》を鳴らしている。サエコの左肩に顎《あご》をのせ、じっとしている。サエコの体に、トラタロウの体が発する、

ごーごーという音が伝わってくる。ネコはうれしいときにこの音を出すというが、サエコもこの音を聞くととてもうれしくなる。お互いに気持ちが通じ合った気がする。

「これからもよろしくね」

そう声をかけるとトラタロウは、ふがあふがあと鼻を鳴らし、サエコの顔に濡《ぬ》れた鼻を押しつけ、いつまでも彼女の顔を舐《な》め続けた。

チワワのモモちゃん

チワワのモモちゃんは五歳。ルミは二十三歳。どちらもケイコの家の住人である。といってもモモちゃんは、ケイコの意志で家に連れてきたが、ルミは向こうから勝手に押しかけてきた。彼女は大学を卒業したものの、地元では就職できず、親の反対を押し切って東京にやってきたのである。ケイコとは一回り離れているルミを、溺愛《できあい》している父から、

「ふつうは東京で仕事が見つからなくて、地元に戻ってくるもんだ。その逆がうまくいくわけないじゃないか」

と懇々と説教をされたにもかかわらず、それを無視して、突然、ケイコの2DKのマンションにやってきたのだった。

「モモちゃん、元気？　ルミお姉ちゃんよ。忘れちゃったかな？　そんなことないよ

ね」

その日、荷物を玄関に置くなり、部屋のドアの隙間から目だけ出したモモに、大声で話しかけた。モモはすっと引っ込んだ。

「あらー、どうしたの、モモちゃん。やだー。恥ずかしいの、ほーら、おいで、おいで」

ルミはずかずかと室内に上がり込み、モモの名前を連呼して、追いかけ回した。モモは鉢植えの陰に逃げ込んで、キャンキャン吠《ほ》えて必死に警戒警報を出していた。

「あんたが大声を出すから、怯《おび》えてるのよ」

「怯えてる？　そんなわけないわよ。恥ずかしいのよ、ふふふ。ねー、モモちゃん」

潜んでいた鉢植えの陰をのぞきこまれたモモは、ぴょーんと飛びはねて、部屋の外に飛び出していった。

「モモちゃん、モモちゃーん、出ておいで」

ルミが小声でドアの外に向かって呼びかけても、モモは姿を現さなかった。

五年前、ケイコがこの中古マンションを買ってしばらくして、モモはやってきた。それまではペット飼育禁止の狭いワンルームマンション住まいだったので、動物は何も飼えず、もしもマンションを買う機会があったなら、絶対にチワワを飼うぞと決めていたら、次々にその夢が実現したのだ。出物のマンションがあると教えてくれたのは、ケイコが勤めている区役所の上司だったし、チワワのブリーダーを紹介してくれたのは同僚だった。

「チャンピオン犬を多く出している人よ。子イヌが生まれたみたいだから行ってみたら」

と勧められ、たまたま春休みで遊びに来ていたルミと、一緒に見に行ったのだ。応対してくれたのはショッキングピンクの地に黒いレースで大きな薔薇《ばら》の柄を織りだしたチュニックに、光る素材の黒のレギンスを穿《は》いた、六十歳すぎと思われる女性だった。

「どーぞ、どーぞ」

迫力のあるしゃがれ声で室内に通されると、家具からカーテンからすべて、統一性のない花柄であふれていた。いったいどうしたものかと、ケイコがソファの隅に座っていると、ルミは、

「素敵なお住まいですねえ」

などといっている。妙に愛想がいいのである。ケイコは早く子イヌを見て、さっさと帰りたかったのだが、金色とピンク色のゴージャスなカップでコーヒー、お揃いの

皿には大きなショートケーキが鎮座して登場した。

「わあ、いただきます」

ルミは上機嫌でケーキをぱくつき、コーヒーをぐいぐいと飲んでいる。

（全く、何を考えているのやら）

ケイコは横目で彼女を見ながら、とにかく子イヌを見せて欲しいのにと、腹の中でつぶやいていた。

ブリーダーの女性から、コンテストの写真やらトロフィーをたくさん見せられ、うちのチワワはどんなに優秀かという自慢話を一時間聞かされた後、やっと子イヌの登場になった。平たいバスケットの中に真っ白いタオルが敷かれ、三匹のかわいいチワワが、くうくうと寝息を立てていた。

「ああ〜」

その姿を見たとたん、ケイコの今までのちょっと不愉快な気分は吹っ飛び、目の前の子イヌたちに目が釘付《くぎづ》けになった。ルミは胸の前で手を組んで、

「いやーん、かわいい」

と身をよじっている。

「母犬はチャンピオンでね。二匹は行き先が決まってて、この子だけが残ってんの」

ショッキングピンクにゴールドのネイルアートを施した爪で、ブリーダーの女性は他の二匹に追いやられるように、隅っこで寝ている子を指さした。

「この子だけ特別、小さいのよ」

確かにか弱い感じがする。

「その子でよければ、どうにもならないから、お安くしときますけどね」

その言葉を聞いて、ケイコはちょっとむっとした。値段を安くされたとも知らず、無邪気に寝ているその子が不憫《ふびん》になってきた。チャンピオン犬の血筋から生まれた、その価値のない子ということなのだろうか。

コンテストに出すために飼うわけでもないし、ただかわいいチワワと一緒に暮らせたらいいなと思っているだけだ。小さな子イヌは白い毛に背中に茶色の丸柄があるのがかわいい。

「じゃあ、この子をお願いします」

「んまあ、ほんと、うれしいわあ」

ブリーダーの女性ははしゃぎ、ベッドやらおもちゃやら、おまけをいっぱいつけて、家にやってきた。モモは持参金が多い子だったのだ。

小さいモモは、獣医さんの診断で、脱臼《だっきゅう》しやすいとわかった。たまたま休みで遊びに来ていたルミと、部屋で宅配ピザで食事をしていたら、突然、モモが白目を剝《む》いて、キャインキャインと叫び出した。二人は仰天して手にしていたピザを放り出し、半泣きになって獣医さんに走ったりもした。先生からは、

「このようにすれば、はまるんです」

と処置の仕方は見せてもらったが、ケイコは自分が手を出すのが恐ろしく、モモがそのような状態になると、走って五分の獣医さんに猛ダッシュしているのであった。

「モモちゃんも元気でよかったよね」

ルミが話をはじめると、そろりそろりとモモが部屋の中に入ってきた。遠くから、（あたし、モモちゃん。あーた、誰だっけ）と冷ややかな目で見ている。横目でずっとルミを観察しながら、ケイコの膝《ひざ》の上にちょこんと座った。ルミが手を出そうとすると、体を硬くして身構える。

「この子のペースがあるんだから、ちょっと待ってて」

ケイコがそういうと、ルミは残念そうに手を引っ込めた。

「かわいいわねえ。お姉ちゃんのこと忘れちゃったかな？　何回か会ってるのよ」

警戒心を解きほぐしにかかると、モモも自分が褒められているのがわかって、

（いい人かもしれないわ）

と見直したらしい。そのうち安全地帯のケイコの膝の上から下りて、そろりそろりとルミに近付いていき、体の匂いをしっかりと嗅《か》いで、膝の上に乗った。

「モモちゃん、やっと来てくれたね」

ところが喜んだルミが、撫《な》でようと手を頭の上に持っていくと、モモは、

「ウウー」

とうなった。

「ルミに頭を撫でられるのは嫌なのよ」

ケイコは笑いをこらえた。

「どうして？　お姉ちゃんが撫でると、目をつぶってあんなにうれしそうにしてるのに」

犬は一緒に暮らしているなかで、必ず順列をつけるらしい。自分より立場が下の者に、そういうことをやられるのは嫌なのだと話した。

「モモちゃんより下？　お姉ちゃんが一番なのはわかるけど。どう考えたって私が二番でしょう」

「そうじゃないの。だからルミは、これからここで暮らすとなると、立場的にはモモ

の下になるわけだね」

いくらそれは理不尽だと文句をいっても、モモがそのように決断を下したのだから仕方がない。試しに、ケイコとルミが交互に頭の上に手をかざすと、「クウン」「ウウー」「クウン」「ウウー」の繰り返しで、しまいには鬱陶《うっとう》しがって、ルミの手を噛《か》もうとする。

「わかりました。これからはモモちゃんのお世話係として、務めさせていただきます」

ルミが頭を下げると、モモは膝の上で、

（あったりまえじゃないの）

というような顔をして、大あくびをしていた。

翌日から、モモは僕《しもべ》であるルミを得て、女王様になった。ケイコには敬意を表していて、いうことを聞くけれど、ルミに対しては、御飯に関すること以外は無視だ。ケイコが勤めから帰ってドアを開けると、大きな目をぱっちりと見開いて、モモがすっとんできて、電気じかけではないかと思うくらいに尻尾《しっぽ》を振り回し、鼻息荒く顔を舐《な》めまくる。

「はい、ただいま」

抱っこして部屋に入ると、いつもルミがいる。就活ははかどっているのかとたずねても、反応が鈍い。

「いつまでもここに置いておくわけにはいかないんだからね。わかってる?」

ケイコが諭すと、抱かれているモモも、彼女を見下ろしながら、その通りというような顔をしている。

「モモちゃんを一人で家に置いていくのがかわいそうで……」

モモは家に来てからずっと、平日はお留守番しているんだから一人には慣れている。ルミは何かと理由をつけて、家でだらだらとしていたいらしい。そういえば普段着ばかりで、就活に必需品のスーツを持ってきている様子がないので、それを指摘した。

「お姉ちゃんのを借りようと思って」

「はあ? そんな気持ちで就職できると思ってるの? みんな必死なんだよ」

ケイコが叱ると、今度はあーあと伸びとあくびをしながら、区役所で臨時職員の募集はないのかなどと、のんきなことをいう。

「ないわよ。逆に経費削減でリストラされるんじゃないかって、いってるくらいだもの」

怒りながらふと床を見ると、いつもは抜け毛やよだれにまみれて、何となく薄汚れた感じがしていたモモちゃんのベッドがきれいになっている。大好きな五羽のあひるちゃんの小さなおもちゃも、きれいに洗われて、元の鮮やかな黄色を取り戻している。

「みんな洗っておいた」

こういうことはまめにやるらしい。

「よかったわねえ。お世話係のお姉さんがきれいにしてくれて」

モモちゃんは、くふっ、くふっと鼻を鳴らしている。

「でも、せっかくきれいにしたのに、ベッドに入らないし、おもちゃでも遊ばないの」

ケイコは、モモは自分の匂いが消えたから、警戒してベッドに入らないのだと話し、ソファの上の、モモが座る場所に置いてある、ハート柄のタオルを中に敷いた。タオルにはわけのわからない汚れやしみがついている。するとすぐにモモはベッドの中に入り、あひるちゃんたちを目の前に置いてやると、前足で抱えてべろべろと舐めて、自分の匂いをつけはじめた。

「ちょっと臭かったのよ。寝ていても匂ってきたし」

居候のルミは、ソファの前に布団を敷いて寝ているのである。臭かったといわれたモモには、

「ウー」

と叱られていた。

「耐えられなかったら、出ていってもらってもかまわないけどね。私はモモの匂いも好きよ」

ルミはあわてた様子で、

「耐えられないっていってるんじゃないの。ただ、ベッドの匂いは、なかなかだったなって思っただけ」

と弁解した。頭に手をやると叱られるルミは、仕方なく茶色い大きな丸柄がある背中から、お尻《しり》にかけて撫でてやっている。モモのほうも、

(そこだったらいいわ)

と目を細めてとりあえずはうれしそうだ。

「動物はこちらの都合で考えるようには、うまくいかないものよ」

ちょっと気落ちしている風のルミを、ケイコが慰めると、

「そうだよね、相手は生きてて感情があるんだものね」

と素直にうなずいた。最初は少し警戒していたモモも、ルミが移動すると、その後をちょこまかとついて歩いたり、抱っこされると顔を舐めたりして、二人の距離は少

しずつ縮まっているようだった。

ケイコは自分の紺色のスーツ一式と靴をルミに貸与し、毎朝出がけに、今日はどこに就活に行くつもりかと、声をかけるようにした。しかし彼女の反応が鈍いのは相変わらずだ。そのかわり、彼女が家にいるおかげで、部屋はきれいに整えられていった。モモが次々にくわえてぶん投げるあひるちゃんたちも、ケイコは、どうせまた遊ぶのだからと、ほったらかしにしていたが、ルミは必ずベッドに戻すので、部屋の床はきれいに片付いている。最近は夕食も作ってあって、勤めから帰ったケイコは、着替えて食卓の前に座るだけでよくなった。モモだけではなく自分の僕にもなってくれているのがわかって、ケイコは楽ちんだと思ったりもしたが、こんな生活をいつまでも続けさせるわけにもいかず、どうしたものかと姉なりに悩むようになった。

モモの僕となったルミは、散歩係を仰せつかるようになった。女王様は以前から家では用を足さず、豪雨でもケイコの体調が悪くても、必ず外に連れていかなくてはならず、それが負担になるときもあった。しかしルミが日中も散歩に連れていってくれるので、ぐっとケイコの負担が減った。

「こんな小さい体でずいぶん遠くまで散歩に行くんだね。私は道がわからなくて、モモが歩くとおりについていくだけだったけど、区界まで歩いていって、ちゃんと戻ってきた」

僕には先導する権利などないのである。時には二時間かけて散歩をしたりする。そんなときは電柱の一本、一本を丹念に嗅《か》ぎ、何かを確認しているかのようだという。

「嗅ぎ慣れない匂いがしたからじゃないの。今まで嗅いだことがないから、何だこれはって思ってるんじゃない」

ルミはへええといいながら、頭を撫《な》でようとしてまた、モモにうなられている。

「ああっ、頭を撫でたいよ」

いくらルミがそういっても、モモは、

（ふん、何で、あんたごときに）

という顔でそっぽを向いていた。

すっかり腰を落ち着けたルミだったが、両親が心配して電話をかけてくると、逃げてしまう。

「仕事はまだ決まらないみたいなのよ」

ケイコが代わりに応対すると、両親は「ほらみたことか。早くこっちに戻ってこい」と怒っている。姉として少しは妹の肩も持ってやろうと、

「すぐには見つからないから、もうちょっと様子を見てやってよ。私もお尻を叩《たた》くか

ら」

と取りなして、両親をとりあえず納得させた。モモは電話が大嫌いなので、話している間中、キャンキャン吠《ほ》えまくる。自分以外のものに、ケイコの関心が向いているのが気に入らないのだ。

「お姉ちゃん、ありがとう」

電話を切ったとたん、聞き耳を立てていたルミが出てきて、モモを抱いたケイコを拝んだ。

「本当に何とかしてちょうだいよ」

ため息をつきながらも、僕ができて、妙に安楽な生活になったケイコは、複雑な心境になっていた。

ある日、勤めから帰るといつものように、モモがとびつき、お尻を振りながら顔を舐《な》め、熱烈歓迎をしてくれる。一方、姿を現したルミは、心配そうな顔をしている。

「モモちゃん、ここ三日ばかり、下痢が続いてるんだよね」

これまでも、一日か二日、そういう場合もあったが、三日続くのははじめてだ。

「おかしいわね。ドッグフードはいつものだし、おやつだって買い置きのものしかあげてないでしょう」

ケイコがつぶやくと、ルミがあっと声を上げた。

「どうしたの？　何か変わったものでもあげたの」

「いえ、その、あの、えーと……」

ルミがしどろもどろになっていると、モモが、

(もらったわ、もらったわ)

と訴えるかのように鋭い声で鳴いた。

「元気そうだからいいけど、いったいどうしたの」

問いつめるケイコの目の前に、マシュマロ、ビスケット、干しいちじくが並べられた。モモはそれらを見て目の色が変わり、ふがっふがっと鼻を鳴らしながら手を出し、匂いを嗅ぎまくっている。

「あなたのおやつでしょ」

「それが……、あまりに欲しがるから……」

ルミの話によると、散歩の帰り道、自分が食べようとマシュマロを買った。家に帰ってテレビを見ながら食べていたら、モモが鼻を鳴らしてすり寄ってきたので、どうせ食べないだろうと、あげてみたら食べたというのである。

「あんなに粘るのに？」

「うん。口をびろーん、びろーんってしながら、おいしそうに食べてた」

ビスケットも、いつももらっているイヌ用のものよりも、味が濃いのか、ものすごく喜んでいたし、干しいちじくもむさぼるように食べていたという。

「その結果が下痢ですか」

「そう……、みたいです」

モモがお菓子のパッケージを食い破ろうとするのを必死に止めながら、ケイコはため息をついた。自分がマシュマロやビスケットを食べないので、モモにそういう嗜好《しこう》があるなんて、考えてもみなかったのだ。

「これからは絶対にやめてよ」

ルミはこっくりとうなずき、それからはモモの下痢はぴたっと止まった。

ドッグフードだけではなく、人間が食べるものの味を知ってしまったモモは、ケイコたちが食事をしていると、

（あたしのはないのかしら）

と一緒に参加したがるようになった。ルミが、「だめよ」と叱ると、ウーッとうなるのに、ケイコが叱るとしゅんとする。まだ主人と僕《しもべ》の違いは歴然とあった。あまりに欲しがるので、ルミがふざけて、小鉢に入れた納豆を、

「ほーら、これはモモちゃんは食べられないでしょ」

と鼻先に持っていくと、間髪を容《い》れずに小鉢に顔をつっこんで、ものすごい勢いでぱくっと食らいついた。

「あっ」

思わずルミが小鉢を落とした。マシュマロのときと同じように、びろーんびろーんと口を大きく開けながら、糸を引く納豆と格闘している。

「だめっ、だめよ、モモちゃん」

ケイコが叱ったときはもう遅かった。小鉢から引き離そうと、ケイコがモモの体を両手で押さえると、体全体を大きくくねらせて必死に抵抗した。そのとき糸を引いた納豆の何粒かが、ぽとりとモモの脳天に落ちた。そのとたんモモは、キャンキャンと鳴きながら、家の中を疾走しはじめた。頭をぶんぶんと振りながら、脳天にくっついた納豆を振り落とそうとする。しかし納豆は落ちるどころか、毛にどんどんからみついていく。あっけにとられている二人を後目《しりめ》に、モモは、

(くっさー、これ、くっさー)

と大あわてだ。自分でどうすることもできず、ただ甲高い声で鳴きわめき、走り回るしかできない。ケイコがつかまえ、濡《ぬ》らしたタオルで脳天にこびりついた納豆を拭《ふ》

き取ると、

「ウウー、ウウウウー」

と体を震わせて怒っている。

「食べてるときは平気だったのに、どうしてくっつくと嫌なの？」

ケイコが聞いてもモモは眉間《みけん》に皺《しわ》を寄せて、むっとした顔をしていた。

「納豆なんか食べたら、散歩に行って他のワンちゃんたちから、『お前、臭いぞ』っていわれるんじゃないの」

ルミがそういったとたん、モモは、

（あんたにそんなこと、いわれたくないわ）

といっているかのように、ギャンギャン怒っていた。

ルミが来たことによって、モモは新たな味を知り、散歩にも自由に行けるようになった。

日曜日、ケイコとルミがソファに座って話をしていると、それを見たモモは、間に割り込もうとした。日があたっている場所のほうがいいから移動させようと、ルミがモモを抱えたらものすごく怒った。

「私と自分の僕が並んで座っているのが許せないのよ」

ケイコに笑われたルミが、

「ふえ〜ん」

と嘆きながら床に座ると、モモはちゃっかりケイコの隣に陣取り、

(あんたがここに座るなんて、百年早いわ)

といばっていた。といってもずっとそこにいるわけでもなく、すぐに自分のベッドに戻っていった。

戻るのなら、あんなに怒らなくてもいいのにねえと二人で見ていたら、ベッドから出ようとしたモモが、突然、白目を剝《む》いてばたっと倒れ、痙攣《けいれん》している。

「ああっ、また、はずれたあっ」

ケイコが叫ぶのと同時に、ルミはモモに駆け寄り、腰のあたりをさすっていたかと思うと、左後ろ足を持ってぐいっと動かした。そのとたん、モモの目が元に戻った。そしてすっと立ち上がり、ぶるぶるっと体を振って体を舐めている。ケイコの背中の汗がすーっと冷えていった。

「ああ、よかった。先生に教えてもらったとき、一緒にいたんだっけね」

「うん、やってみたらできた」

「ありがとう。私一人だったら先生のところにダッシュするしかなかったもの」

モモの体に異状はと見ていると、モモはベッドの中から、あひるちゃんたちを一羽ずつくわえて外に出し、床に置いてある座布団の上に並べ、自分もそこで丸くなった。まるで、

（ここは痛い思いをするからあぶないわ。あひるちゃんたちも、こんな危険な場所から避難させなくちゃ）

といっているかのようだった。

「お姉ちゃんのおかげで、モモは助かったのよ。痛かったのを治してもらったでしょ。どうもありがとうっていわなくちゃ」

ルミはケイコの言葉を聞いて、モモににじり寄った。さすがに恩義を感じたのか、モモは寝転んだまま、ルミの顔を優しい目で見上げ、差しだした指をぺろぺろと舐《な》めた。

「ありがと、モモちゃん」

感激したルミが頭を撫《な》でようとしたとたん、さっきの優しい目つきはどこへやら、

「ウー」

と低い声でうなった。

「これでもまだ『ウー』かよお」

ルミは手を引っ込めながら涙目になった。

「就職が決まったら女王様も認めてくれて、僕からお友だちくらいには、してくれるかもしれないよ」

ルミはため息をついた。そして、

「再チャレンジ！」

といいながら、そろりそろりと頭を撫でようとして、噛《か》みつかれそうになり、

「はああ〜」

と頭を抱えた。そしてモモは、

（あーたも就活、頑張りなさいよ）

とでもいいたげに、ちっこい体で精一杯、威張っているのであった。

セキセイインコのぴーちゃん

夫ゴロウ六十五歳、妻エィコ六十七歳の夫婦は、同じ職場で働いていた。エィコのほうが先輩で、彼女は結婚すると専業主婦になった。しっかり者のエィコが、ゴロウのお尻《しり》を叩《たた》いてこれまでやってきたが、彼が定年退職をしてからは、二人は刺激のない日々を送っていた。特に会話もなく、うれしい出来事もなく、何事もなく平凡に過ごせるのはありがたいのかもしれないが、それにしてもこのまま夫婦で歳をとってしまうのは、問題だなあとお互いに考えていた。が、それを相手と相談する気にもならず、毎日、陽だけは当たる、沼地にいるような感じで過ごしていたのであった。

夫婦の一人息子の一家が遊びにきたとき、六歳の孫のメグミが、小さなプラケースを大事そうに抱え、

「これ、おじいちゃんとおばあちゃんにあげる」

と差しだした。

「それは、どうもありがとう」

中を見るとそこにいたのは、セキセイインコの雛《ひな》だった。眠っていたのか目をしょぼつかせながら、ぼーっとしている。夫婦が驚いていると、息子の妻がバッグの中から、いくつかの袋を取りだして、目の前に置き、事の顚末《てんまつ》を話し出した。メグミは鳥好きで、セキセイインコを飼いたいといっていた。自分で世話ができる、小学生になったらと話していたので、先日、雛を買いに行った。店には三羽の雛がいて、一羽だと寂しがるだろうし、二羽を飼うと店に残るのが一羽になってかわいそうだ。結局、三羽買ったのだが、メグミがこの一羽をおじいちゃんたちにあげるといってきかないので、連れてきたというのだ。

「どうして、おじいちゃんたちにくれるの」

エイコがたずねると、メグミは、

「あたしからのプレゼント。ぴーちゃんっていうの。おじいちゃんのところに、うちのまーちゃんとちーちゃんの兄弟がいるとうれしいから。かわいがってね」

そういわれてしまうと、無下に返すわけにもいかず、それより何より、目の前の丸い目の雛があまりにかわいらしくて、ゴロウとエイコは、いそいそとぴーちゃんの居場所を作ってあげた。

「そういえば昔、鳥の雛を飼ったことがあったなあ」

「あたしもそうよ。文鳥とか十姉妹《じゅうしまつ》とか」

「カナリヤを飼っている家を、みんなが金持ちだっていってさ」

「そうだったわねえ」

息子一家が帰ってから、二人は思い出話をしながら、家にやってきたぴーちゃんの世話をはじめた。息子の妻が気を遣ってくれて、餌の粟《あわ》やボレー粉、プラケースを温めるための小さなヒーター、餌をやるときに使う小さなスプーンまで持ってきてくれていた。

「昔は割り箸《ばし》を削って、へらみたいにして餌をやったけどなあ。ほら、このスプーン、網がついてるよ」

「まあ、ふやかしたお湯が切れるようになっているのね。よくできているわねえ」

夫婦は雛を育てるにも、今は便利な道具があると感心した。ぴーちゃんが寝ているうちに、エイコは急いで近所の無農薬野菜を売っている店で小松菜を買ってきた。これを擂《す》って湯で温めた粟にまぜ、ボレー粉を加えれば完璧《かんぺき》だ。

ぴーちゃんは一日に五、六回、三、四時間おきに餌を食べる。雛のときはとにかく

眠らせてやったほうがいいので、二人はケースをそーっとのぞきこんでは、ふわふわした雛が目をつぶって寝ているのを見て、

「本当にかわいいねえ」

と頬をゆるめた。ぴーちゃんが目を覚まし、頭の上に指を出してみると、お腹がすいているときは上を向いて、ぱくっと口を開く。すごーくお腹がすいているときは、大きな鳴き声で、

「ちょーだい、ちょーだい」

とアピールする。

「はい、わかりましたよ。ちょっと待っててね」

ゴロウとエイコは分担して餌を準備し、急いでケースの前に陣取った。ふと見ると二人ともスプーンを手にしている。

「おれがやるから、お母さんはいいよ」

ゴロウは不満げに口を尖《とが》らせているエイコを後目《しりめ》に、ぴーちゃんの口の中に餌を流し込んだ。ぐぐっと豪快に呑《の》み込むと、時折、喉《のど》につまるのか、首を前後に動かして、また、嘴《くちばし》をぱくっと開けて、

「ちょーだい、ちょーだい」

をする。

「おーおー。おいちいか。お父さんが作ったからな、特別おいちいぞ」

ゴロウは目を細めてぴーちゃんに語りかける。

「お父さんが作ったなんて。それは私が作ったんじゃないの」

「おれだってお湯をわかしたんだ」

エイコは自分の餌やりの順番を待っていたが、ぴーちゃんの胸のところの餌袋「嗉《そ》囊《のう》」がもういっぱいになり、すでに舟を漕《こ》いでいるような状態だったので、餌やりはあきらめるしかなかった。

少し腹が立ってきたエイコは、それからぴーちゃんがお腹をすかせているのを察知すると、ゴロウに知らせずに一人で餌をやるようになった。とにかくぴーちゃんに餌をやりたいゴロウは、エイコが先にやったとわかると、

「いつも餌をやろうと思うと、お前がやっちゃっている。おれの出番がない」

と機嫌が悪くなる。

「いちいちうるさいわねえ。お父さんが気がつかないのが悪いんじゃないの。ぴーちゃんに、むりやり食べさせているわけじゃないもの。お腹をすかせているからあげてるの。気をつけて見ていたらいいじゃない」

そういわれてからゴロウは、じーっとぴーちゃんの居場所のケースを、横目で見ていた。少しでも目を離すとチャンスを失うはめになるので、トイレに行くときには、

「ぴーちゃんに餌をやったら、許さないからな」

と釘《くぎ》をさす。

「はい、わかってますよ」

エイコはぴーちゃんのケースをのぞき込みながら、まだ、お腹はすいてないみたいねとつぶやいた。

「さあ、ぴーちゃんはどうかなあ」

手を拭《ふ》くのもそこそこに、ゴロウがやってきた。

「どうだ、ぴーちゃん。お腹すいてないか。ん？　お父さんが御飯をあげるよ」

いわれたぴーちゃんは、じーっとゴロウを見上げていたが、アピールはしなかった。

「ん？　どうした？」

ゴロウが指を出した。するとぴーちゃんは、ぼわーっと大あくびである。

「そうか、お腹、すいてないか……」

がっくりと肩を落として、ゴロウはソファに座った。それでも落ち着かないのか、十分おきにタオルをかけたケースをのぞいて、眠ろうとしているぴーちゃんの邪魔を

しては、エイコに怒られていた。

「お父さーん、ぴーちゃんがお腹をすかせてるわよ」

エイコが教えると、ゴロウはどこにいてもすっとんできた。高枝切り鋏《ばさみ》で庭木の枝を切っているときも、トイレや風呂《ふろ》に入っているときもである。すぐに用が済むわけではないから、

「ぴーちゃん、ちょっと待っててね」

といいながら、あわてている様子である。ドアの外でエイコは、

(あたしゃ、ぴーちゃんじゃないよ)

と腹の中でつぶやくしかない。

「ぴーちゃんが、待ってますよ」

と念を押すと、彼は、

「はーい」

と小学生のような返事をする。実の息子が幼かったときでさえ、あんなふうではなかったのにと、エイコはため息をついた。

あたふたと出てきたゴロウは、

「ちょーだい、ちょーだい」

とアピールするぴーちゃんを見て、

「おお、そうかそうか。ぴーちゃん、お腹がすいたのねー。お父さんが今すぐあげまちゅからねー」

と満面の笑みである。よく見ると、ズボンの前が半開きになっていたり、襟足に泡がついていたりする。そしてエイコが作っておいた餌を、スプーンでやっているときには、この世でこんなにうれしいことはないという表情になっている。ぴーちゃんが口をぱくぱくさせると、ゴロウの口も同じようにぱくぱく動く。

「お父さん。ぴーちゃんと同じことをやってるわよ」

エイコに笑われてもゴロウは、

「そうか。ぴーちゃんと一心同体だ」

などといいながら、目尻《めじり》を下げていた。

夫婦に溺愛《できあい》されて育ったぴーちゃんは、ずんずん大きくなり、自分で餌も食べられるようになり、手にも乗るようになったので、飼育用のプラケースから、新品の鳥籠《とりかご》へと移す必要があった。鳥籠を買いに行く時も、夫婦は連れだって行った。赤ちゃんだったぴーちゃんが、小学校に上がったような気分だった。店の人のアドバイスを聞いて、鳥籠やその他の必需品を選んだ後も、何かぴーちゃんが喜ぶものはないかと、店内を物色した。

「おもちゃは必要ですか」

「えっ、おもちゃもあるんですか」

「知恵の輪、はしご、ボール。それにお友だちの車のついたペンギンさんとか。それと音が出るものもあります」

携帯のストラップみたいなものに、小さな鈴がたくさんついている。

「へえ」

夫婦は感心しながら、ぴーちゃんが喜んで遊ぶ姿を想像して、全部買った。

「あら、これは何ですか」

エイコが小さな袋に入っている物を手にとった。イヌやネコの服よりも、もっと小さいが、ワンピース水着のような形をしている。

「それはフライングスーツです」

夫婦が首をかしげていると、家の中で鳥を放したときに、フンを落とさないために着せるのだという。

「へええ」

夫婦はまたまた感心した。

「うちのぴーちゃんにいるかしら」

エイコがささやいたのを小耳にはさんだ店員さんに、

「大型のインコだったら必要かもしれないですが、セキセイインコでしたら、いらないと思いますよ」

といわれ、これは買わなかった。

いろいろな物があるんだねえと、夫婦は話をしながら、家に帰った。頭が黄色、体が緑色のぴーちゃんは、二人が帰ってきたのを見て、ピーピーと鳴いている。

「ただいまー。帰ってきまちたよ。おりこうちゃんでちたかー」

ゴロウはケースからぴーちゃんを出して手の上に乗せ、自分の顔の前に持ってきて頬ずりをした。ぴーちゃんは、

「ピー」

と鳴きながら、ゴロウの鼻に嘴《くちばし》をこすりつけた。

「おーおー、うれちいか。そうか、お父さんが帰ってきてそんなにうれちいかい。おい、早く、鳥籠の準備をしないか」

ぴーちゃんと私とで、どうしてそんなに物のいい方が違うのかと、エイコはむっとしながら、鳥籠の中の飲み水入れとお風呂に水を満たし、餌入れには餌を、菜っ葉立

てに無農薬の小松菜を挿した。おもちゃも止まり木の脇につるしてやった。

「ほーら、ぴーちゃん、素敵だねえ。新しいおうちだよ。おもちゃもね、あるんだよ。お父さんがぴーちゃんのために、買ってきてあげたんだよー」

（そりゃあ、そうかもしれないけど、そんなにお父さんが買ってきたと強調するな。あたしだってそばにいたんだから）

何かといえばエイコは不利な立場に追いやられるのが面白くない。それでも鳥籠の中に入ったぴーちゃんが、止まり木に留まって、うれしそうにはしゃいでいるのを見ていたら、夫に対する怒りなどふっとんでいった。

「あらー、小松菜、そんなにおいしい？　お母さんがね、無農薬の野菜を売っているお店まで行って買ってきたのよ。スーパーで売っているのより、ずーっと高いのよ」

ぴーちゃんはおいしそうについばんでいる。

「また、買ってきてあげるねーっ」

年金生活でも、ぴーちゃんに使うお金を節約する気は、毛頭なかった。

エイコはぴーちゃんが寝るときに鳥籠にかける、かわいいカバーを作ってあげたくなった。お金をけちったわけではなく、自分の愛情がこもったものを作りたかったのだ。といっても新しい布地を買うのはどうかしらと考え、押入れの奥の引き出しを開けてみると、ゴロウが着ていた縞《しま》のワイシャツや、自分の着ていたワンピースやブラウスがたくさん出てきた。それを見たエイコは、図書館からパッチワークの本を借りてきて、ぴーちゃんのために、二十センチ角の四角をつなげた、鳥籠にかける布を、一日で縫い上げた。

「ぴーちゃん、ほら、お母さんが作ってあげたからね」

広げて見せると、ぴーちゃんはじっとそれを見て、

「ピー」

と鳴いた。

「気に入ってくれたのね、ありがと」

エイコは夜、その布をかけた鳥籠の中で、ぴーちゃんが寝てくれるのが、とてもうれしかった。そしてそれから毎朝、夫婦はパッチワークの布を取り、

「ぴーちゃん、おはよう」

と声をかけるのが日課になった。

ぴーちゃんは一日のほとんどを、鳥籠の外で過ごしていた。寝る時間になるまでは籠の戸を、食品の口が閉じてあった針金で固定して、開けたままにしてあった。ぴーちゃんはお腹がすくと籠の中に入って食べ、そしてまた出てくる。すでに立派な手乗

りなので、ゴロウがおいでと呼ぶと、

「チチッ」

と返事をして飛んでくる。そして肩に留まっては、

「ジュクジュク」

とこもった声で鳴きながら、嘴をゴロウのほっぺたにこすりつけた。

「おーおー、かわいいでちゅねえ」

ほっぺたにすりすりしているぴーちゃんの姿が見たいので、ゴロウのズボンのポケットには、小さな鏡が入れられていた。ぴーちゃんが自分の肩の上で何をしているか、それを確認してうっとりするためである。ところがぴーちゃんは、鏡を見るとライバルが登場したと勘違いして、

「ギャッギャッ」

と騒いで、鏡の中の自分を突っつきはじめる。

「これはぴーちゃんでちゅよ。羽根の色も同じだよ」

いくらゴロウが説明しても、ぴーちゃんは戦闘態勢に入って大声で騒ぎ続け、しまいには鏡に向かって蹴《け》りを入れはじめた。あまりに騒ぎすぎたものだから、食べた餌が逆流して口からポロポロ飛び出してくる。

「餌を吐いているじゃないの。興奮するから、鏡を見せるのはやめて」

妻に注意されて、ゴロウはあわてて鏡をポケットにしまった。

「ほーら、お父さんが悪い子をやっちゅけてあげまちたよ。もう大丈夫」

それを聞いたエイコは、何をいってるんだと呆《あき》れた。しかしライバルがいなくなってほっとしたのか、ぴーちゃんはさっきと同じように、ジュクジュクと鳴きながら、ゴロウに頬ずりをして、彼に至福の時間を与えたのである。

賢いぴーちゃんは、頭を撫《な》でて欲しくなると、頭を低くした姿勢のまま、たたたーっとテーブルの上を走ってくる。ちょっと見たところ、頭突きをくらわすかのようだが、甘えたくて仕方がない意思表示だ。そしてゴロウやエイコの手元でぴたっと止まる。

「いい子ねえ」

エイコが人差し指でずんぐりした頭を撫でてやると、目を細めて、

「クークー」

と小さな声で鳴く。エイコはこんな小さなセキセイインコが、心からうれしそうな顔をしているのを見て、何ともいえない幸せな気持ちになった。それを横から見ていたゴロウが黙っているわけもなく、

「今度はお父さんの番だ」

と横から指を出す。ぴーちゃんはそのままじっと目を閉じ、うれしそうにしている。

「そうか、お父さんのほうが気持ちがいいでちゅか。よーしよしよし」

エイコは横目でそれを眺めながら、

「調子がいいわねえ。何でも自分の都合がいいように考えるんだから」

と不満そうにつぶやいて、テーブルの上の菓子鉢の中に入っていた菓子の袋を取り出した。

「ほーら、ぴーちゃん、ピーナッツよ」

ゴロウに負けじと、口の中で嚙《か》んで小さくしたピーナッツを手に、関心を引こうとする。

「わあ、汚いっ」

ゴロウが顔をしかめた。

「うるさいわねえ。あげたっていいじゃないのよ」

「お母さんが口に入れたピーナッツなんかやってどうするんだ。どんなばい菌がついたかわからないじゃないか」

「失礼ね、ばい菌だなんて。そんなもの持ってないわよ」

「人の口の中っていうのは、ものすごく雑菌が多いんだ。もしもぴーちゃんが感染して、具合が悪くなったらどうする」

「お父さんだって、この間、口移しで餌をやってたじゃないの」

「おれは大丈夫」

「どうしてお父さんがよくて、私はいけないのよっ」

怒ったエイコが、指先にのせたピーナッツをぴーちゃんの嘴《くちばし》のところに持っていくと、喜んで食べた。

「ほーら、ごらんなさい」

勝ち誇るエイコの隣で、ゴロウは、

「ぴーちゃん、だめ。ぺっしなさい、ぺっ」

と必死になっていた。

日々、ぴーちゃんを夫婦で取り合って、二年が過ぎた。ある天気のいい日、「三人」で日当たりのいい部屋でぼーっと庭を眺めていると、突然、

「ピーチャン、オハヨウ」

と声がした。夫婦ははっと顔を見合わせた。籠《かご》の中にいたぴーちゃんは、何度も首をかしげたり、止まり木を行ったり来たりしていたが、次は、

と聞こえた。

「オトウサン……」「オカアサーン」

「うわあ、ぴーちゃんがしゃべったああ」

夫婦ははいつくばって鳥籠をのぞき込んだ。

「よくできたねえ。もう一度、お話ししてごらん」

しばらくしてはっきりと、

「ピーチャン、オハヨウ」

といった。毎朝、いわれ続けているので、最初に覚えたらしい。夫婦は感激した。褒められたほうのぴーちゃんも、言葉を学習したいらしく、夫婦の肩に乗っては、唇をつついて何かしゃべってと催促する。「こんにちは」「わたしはぴーちゃん」など、夫婦は何度も同じ言葉を繰り返した。ぴーちゃんは小首をかしげながら、嘴を上下に動かして、しゃべる練習をしているように見える。

あまりの喜びに、ゴロウは息子の家に電話をして、まーちゃんとちーちゃんはしゃべるかと聞いた。うちのはしゃべらないと、息子の妻から話を聞いた彼は、やっぱりぴーちゃんがいちばん頭がよかったとうなずいた。たくさん言葉を覚えて、話ができるようになるといいのにと、エイコも暇さえあれば、ぴーちゃんに話しかけた。「オカアサーン」はゴロウがエイコを呼んでいるのを覚えたらしく、そばにいるのに、遠くの自分を呼ばれているような雰囲気で、エイコはいまひとつ不満だった。ゴロウは「オトウサン……」の後が、ぐちゅぐちゅと聞き取れないのが気になっていた。

「何をいおうとしてたんだろうね」

エイコに聞いても、

「さあね」

とつれない。となるとぴーちゃんに聞くしかないので、彼は一生懸命、

「『オトウサン』の後は何なのかな？　お話ししてちょうだい」

と語りかけていた。その三日後、ぐじゅぐじゅいいながら、ぴーちゃんは嘴を動かしていた。

「ほら、いうぞ。何ていうんだろう」

夫婦はじっとぴーちゃんを見つめていた。そして次の瞬間、はっきりといい放った。

「オトウサン、ウルサイワネ」

エイコはぷっと噴き出して顔を覆った。ゴロウはぴーちゃんが心配なあまり、エイコに、あれをしてやったか、こういうふうにしたらいいのに、などと細かいことをうるさくチェックするので、エイコがぴーちゃんに愚痴をいっていたのを、しっかり覚

えてしまったのだ。

「オトウサン、ウルサイワネ」

もう一度、はっきりといい放ったぴーちゃんは胸を張り、羽根をちょっと膨らませて、満足そうに、

「ピー」

と鳴いた。

「よくできました」

エイコが拍手をすると、ぴーちゃんが体全体で喜びを表した。

(ううむ、どうしてくれよう)

ゴロウは悔しくて仕方がない。そしてその夜、エイコが風呂《ふろ》に入っているのを確認してから、何度も、

「お母さん、デブ」

と教え込もうとしたが、睡魔に襲われて、ぼわーっとあくびをしているぴーちゃんに、悲しくも無視され、それを聞きつけたエイコに、鬼の形相でにらまれた。

お互い、思うところはあっても、夫婦はぴーちゃんを中心に、毎日たくさん会話を交わすようになった。そして、

「三人家族になって、本当によかったね」

とぴーちゃんと一緒に、同じテーブルで晩御飯を食べながら、しあわせをかみしめていたのであった。

雑種犬のちゃーちゃん

会社が終わって、友だちと晩御飯を食べる約束をしたレストランに急いでいる途中、姉からメールが届いた。

「イヌがうちに来たよん」

笑った絵文字もついている。

三十七歳の姉は一年前に離婚し、五歳の男女の双子を連れて、実家に戻っていった。東京で頑張ると意地を張っていたけれど、不況で就職口が見つからなかった。実家は代々農家だったが、広い耕作地を切り売りしたり、アパートを建てたりして、生活に困ることはない。少しだけ残した畑では、両親が自分たちが食べる分だけの野菜を作っていた。古い家だがそれなりに家屋も敷地も広い。離婚直後からサナエは姉に、学校を卒業してから正社員として勤めた経験もないし、営業マンの口車にのせられて、夫に内緒で海外投資をして大失敗もしている。これから東京で子供二人を抱えて、今までのような生活を維持するのは無理だし、子供たちも来年は小学校に上がるのだから、今のうちに実家に帰ったほうがいいよと説得し続けていた。なのに姉は東京を離れたら負けたことになるなどと、わけのわからない理由で、都内に住み続けようとした。しかし現実は厳しいとやっとわかり、姉としては不本意な思いで、帰っていったのである。

実家に帰った当初は、サナエの携帯に、毎日、文句たらたらのメールが届いた。

「何もない。つまらない。思い出すたびに腹が立つ」

実家は東京からはそう遠くなく、県内でも比較的中心部に近い場所にあるので、人家や店舗はふつうにある。車で十分走れば、駅前に大きなショッピングセンターもあるが、姉は欲しいものなど何もないという。

「お姉ちゃんがいうほど、そんなに田舎じゃないよ」

サナエがそういっても、

「距離じゃないのよ。だってうちのほうより、福岡のほうがずっとお洒落《しゃれ》でしょ」

という。そのあげく、どうしてうちの実家は福岡じゃないのかと、文句をいう始末だった。

「思い出すたびに腹が立つ」というのは、離婚に際して、不倫を理由に高額の慰謝料を請求された義兄が、姉に対して、

「専業主婦であるのに家事ぎらい。浪費家。向上心がない」

と家裁で反撃してきた件である。サナエは、その「向上心がない」という指摘に、身内ながら腹の底から笑ってしまったのであった。

姉が家事ぎらいなのは知っていた。義兄に内緒で家事サービスを頼み、ご近所の奥様方と、地元の自由が丘で週に四日はランチをしていたのも知っている。毎月、女性雑誌を何冊も購入して、流行の服や小物を買いまくっていた。流行だと知ると海外投資をしたり、ヨガでも語学でもバレエでも習いに行ったりするのに、すぐに飽きてやめてしまう。自分を向上させるためではなく、流行の習い事をしていると、自慢したいがために通っているだけだった。文字が並んでいる本なんて、教科書すらまともに読んだことなどないと思う。本好きのサナエは姉に、本を読んだサナエと、本を読まない自分と、人間として差はない。それどころか外見では私のほうが見栄えがするので、読書は何ももたらさない。読む時間が無駄だから、私は本を読まないのだといわれたこともある。

姉の浪費と投資の失敗のせいで、貯金がないと知ったサナエが驚くと、

「お金なんて、なんとかなるのよ。うちの主人、結構、給料もいいし」

と全く気にしていない様子だった。あんな状態で、大丈夫なのかしらと首をかしげていたら、容姿のみで採用された姉が、アルバイト先で猛アタックして、やっと結婚にこぎつけた夫に浮気《うわき》をされ、慰謝料をつり上げようとしたら逆襲され、結局、子供二人の養育費だけはもらっているが、姉としては人生に敗北の歴史が加わり、不愉快極まりない思いを抱えて、実家で過ごしていたのだ。

それが珍しく、明るいメールである。やっと姉もふっきれたのだなと添付されている画像を見ると、子イヌではない茶色い成犬がじっとこちらを見ていた。どこか淋《さび》しげで覇気がない。姉の喜び方からして、チワワやパピヨンみたいな、小型犬の子イヌでも飼ったのかと想像していたが、そうではなかった。

友だち三人と、オーガニック野菜と契約農家で飼育されている牛のステーキを食べながら、上司の悪口をいい合って、昼間の疲れも取れてきたサナエは、トイレに立ったついでに、姉に電話をしてみた。

「ああ、サナエ。今どこ。ずいぶんにぎやかね」

さすがに姉は、妹の声だけではなく、周囲の雑音をキャッチして、サナエの居場所に探りをいれてくる。

「友だちと食事」

「えっ、どこ、どこで食事？」

　サナエが店名をいうと、

「ああっ、そこ。行きたかったのよお。離婚のごたごたで行けないまま、こっちに来ちゃったから。あーあ、うらやましい」

　ため息が聞こえる。それを打ち消すように、サナエは、

「イヌ、飼ったんだね」

　と話題を変えた。

「そうなのよ。リカとケンが飼いたがっていたし。私はロングコート・チワワがよかったんだけど、お父さんたちが『イヌは買うもんじゃない。もらってくるもんだ』っていい張るから、保健所の里親探しでもらってきたのよ。それも早く行けば選べるのに、『誰ももらい手がない子を連れて帰るんだ』って。夕方に行ったらあの子しか残ってなかったのよ。でも子供たちも喜んでかわいがってるし、ちゃんと吠《ほ》えて番犬にもなってるし、よかったかなって。お利口さんでかわいいのよ」

　姉の声が明るいので、サナエはほっとした。しかし、銀座にできた新しいブランド店の店員は、噂通りイケメン揃いなのかなど、あれこれ聞いてくる。行ったことがな

いけど、前を通ると香水の匂いがするらしいよと、友だちから聞いた話をすると、

「行ってないの？　せっかく東京に住んでるのにもったいない。あーあ、銀座、表参道、自由が丘が懐かしい」

とため息をつきはじめた。これ以上話しているとまた愚痴を聞かされそうなので、サナエは友だちを待たせているからと、すぐに電話を切った。

家に戻ってまたイヌの画像を見てみた。この子だったら、もらい手もないかもなあという感じもしたが、もしも父たちが連れて帰らなかったら、とてもかわいそうな結果になっていたので、イヌ助けができて本当によかったと、サナエもほっとした。そして電話をあわてて切ったため、イヌの名前を聞くのを忘れたのに気づいた。これまでは実家に帰ろうとしても、姉と会うので気が重かったが、あの調子では大丈夫そうだ。新しい家族も増えたことだし、次の休みに久しぶりに帰るのが楽しみになってきた。

平日に仕事を頑張り、祝日をからめて週末に四日の休みがとれた。無理をすれば日帰りもできるが、のんびりと二泊三日で帰る予定にした。最寄り駅を降りると、姉たちが車で迎えに来ていた。

「サナエちゃんだー」

地元の小学校に通っている姪《めい》と甥《おい》が、とても元気がよくなっているのに驚いた。姉は二人を有名私立大学の付属小学校に入れるべく、幼児向けの予備校に通わせていて、あれをするなこれもするなと、やたらと口うるさくしつけをしていた。確かに礼儀正しいけれど、大人の前で萎縮《いしゅく》しているような雰囲気があり、よく喘息《ぜんそく》の発作を起こすと聞いていたが、元気に声を出している子供たちを見て、ひと安心した。姉も相変わらず巻き髪は保っているが、離婚騒動のときよりは、元気そうに見える。

「はい、うちのベンツにどうぞ」

姉は笑いながらドアを開けた。東京に住んでいるときはベンツに乗っていたが、今は国産のワンボックスカーだ。ドアにはクレヨンでベンツのマークが描いてある。車に乗って走っていると、子供たちがあちらこちらを指差し、あの釣り堀がシンちゃんの家、あそこのうどん屋さんがミキちゃんの家と教えてくれる。

「ワンちゃんの写真を見たけど……」

サナエがいいかけると、二人は、

『ちゃー』だよ、『ちゃー』」

と大声を出した。

「へえ、『ちゃー』っていうんだ」

「うん、茶色だから」

リカが当然のようにいう。単純すぎるくらい単純な名前だ。

「いくつぐらいなの」

「獣医さんによると、五、六歳くらいみたい。保健所に連れてこられたときは、汚れ放題に汚れていて、棒で殴られたような痕《あと》もあってね。虐待されてたんじゃないかっていってたわ」

姉はそう話しながら、慣れた手つきでワンボックスカーを運転し、十分ほどで実家に到着した。ワンワンとイヌが吠える声が聞こえる。

「ちゃーだよ、ほら、鳴いてるでしょ」

子供たちはドアを開けるのが、待ちきれない様子で、

「ちゃー、ただいまーっ」

と大声を出して、家に向かって走っていった。サナエが車を降りると、玄関には両親と、雑種の茶色い中型犬のちゃーが出迎えてくれていた。

「ただいま」

両親に挨拶《あいさつ》をしてふと見ると、ちゃーは母の後ろに隠れてしまった。

「あら、どうした。下のお姉ちゃんが帰ってきたのに。あんたはじめてなんだから、

挨拶しなくちゃいけないでしょ」

母の言葉にもちゃーは動こうとせず、よく見ると、尻尾《しっぽ》を股《また》の間に巻き込んでいる。

「どうしたの」

サナエが触ろうとすると逃げる。

「ちゃー、安心しなさい。この人は悪い人じゃないよ」

父が声をかけて、しゃがみこんでちゃーを抱きしめてやると、腕の間から目だけを出して、じーっとサナエを見ている。

「わかった。きっとサナエに似た人にいじめられてたのよ。だから怯《おび》えてるんだわ」

姉は腕組みをしながら、うなずいている。

「髪の毛をまとめてないで、ちょっと垂らしてごらんよ」

母にいわれてサナエは、あわててシュシュを引き抜いた。

「何もしてないよ。ちゃーちゃん、こんにちは。ほら、ひどい人じゃないわよ。匂いだって違うでしょ」

サナエが指を差し出すと、おそるおそる匂いを嗅《か》いだ。

「ねっ、違うよね、ねっ」

誤解されたら大変だと、サナエは必死にちゃーに訴えた。子供たちも、

「ちゃー、このお姉さんは優しいから、大丈夫だよ」

といいながら、体を撫《な》でてやっている。それでもちゃーは、心を許していない目で、じーっとサナエを見ていた。

典型的な昭和のイヌの風貌《ふうぼう》ながら、驚いたことに、ちゃーは室内犬だった。敷地が広いので、外で飼っているのかと思ったら、室内も走りまわっているという。母が、

「ちゃー、お家《うち》にはいりましょう」

と声をかけると、玄関に置いてある脚ふき雑巾《ぞうきん》の前に、ちゃんとお座りをして待っている。脚を拭《ふ》いてもらうまで、絶対に室内には上がらない。

「お利口さんなのが、また不憫《ふびん》でねえ。私たちに気を遣ってるんじゃないかと思って」

脚を拭いてもらったちゃーは、子供たちと一緒に、座敷に飛び込んでいった。

みんなでおやつでもと、和室の座卓に集まると、下座にはちゃー用の、母手作りの座布団が置いてあり、そこにいけと命じたわけでもないのに、ちゃーは座布団に座っていた。

「いわなくても、ちゃんとわかってるんだ」

父はちゃーの頭を撫でて自慢した。みんなはお茶とお菓子。ちゃーは水とジャーキ

ーだ。いちおう子供たちが食べているケーキの匂いは嗅ぐものの、それを欲しがるわけでもなく、もらった分を食べ終わると、おとなしくじっと座布団に座っている。相変わらずサナエとは目を合わそうとしない。サナエはここにいる間に、印象をよくしようと、

「ちゃーちゃんはお利口さんだね。本当におとなしくて偉いね」

と褒めまくった。それでもちゃーはうつむきかげんで、ちょっと困った顔をしている。

「ちゃーは家に来た頃は、八の字眉毛《まゆげ》の情けない顔をしてたんだよ。それがだんだん慣れて、性格も明るくなってきた」

これでもそうなのかと思いながら、サナエはそんな表情をするしかなかった、これまでのちゃーが過ごしてきた日々を想像すると、涙が出そうになった。

サナエは子供たちに誘われて、一緒にちゃーの散歩に出かけた。自分が行ったら、ちゃーが嫌がるのではと心配したが、目を合わそうとはしないものの、子供たちがリードを持つと、喜んで外に出てきた。サナエは袋を持って糞《ふん》担当である。ちゃーは子供二人を相手にしても、ぐいぐいと自分がリードを引くことはせず、おとなしく道路の端を歩いている。夕方はどこでもお散歩タイムのようで、イヌを連れている人々に

会った。チワワ、トイ・プードル、ポメラニアン、ラブラドール・レトリバー、ウェルシュ・コーギーなどの純血種が多く、ちゃーのような雑種は見かけない。子供たちは散歩をさせている人々と顔見知りらしく、

「こんにちは」

とちゃんと挨拶をしている。吠《ほ》えかかるイヌがいても、ちゃーは淡々と歩いていた。

「ねえ、ああいうワンちゃんたちを欲しいとは思わなかったの」

サナエは子供たちに聞いてみた。

「最初はトイ・プードルが欲しかったんだけどね。おじいちゃんが里親の話をしてくれてね、そのほうがいいなって思ったの。ねっ」

二人はそういってうなずき合っている。

「ちゃーはかわいいんだよ。頭を撫でると顔をぺろぺろって舐《な》めてくるんだよ。でもね、ジャーキーを食べた後は、ちょっと臭いの」

ケンは歩きながら、ちゃーの背中を撫でてやっている。子供たちには犬種なんて、どうでもよく、仲よく楽しく暮らせる家族が欲しいだけなのだ。

あそこでいつも、うんちをするよと子供たちが教えてくれた、川原に降りられる草むらで、ちゃーがぐるぐると回りはじめた。自分がそばにいて、便意がなくなったら

どうしようかと心配したものの、問題なく脱糞した。サナエは糞担当として、きちんと後始末をして、ちゃーに自分の存在をアピールした。

一時間ほど散歩をして家に戻ると、父が水入れとブラシを手に庭で待っていた。ちゃーが喉《のど》を潤してから、お待ちかねのブラシタイムなのである。

「何があった？　誰に会ったのかな」

父はちゃーに話しかけながら、丹念にブラッシングをする。ちゃーはころりと横になり、そしてその次にはお股全開の仰向《あおむ》けで、絶対服従のポーズをとっていた。

「あー、またお腹出してる」

子供たちは指をさして笑い、小さな手でお腹をさすった。サナエも触りたいのはやまやまだったが、このちゃーの幸せなひとときを、ぶち壊しにしたらかわいそうなので、少し離れて眺めていた。

「ちゃーに嫌われるのは嫌だなあ」

そうつぶやくと、父は、

「人間不信のイヌだったから、見慣れない人に懐くには、ちょっと時間がかかるんだろう。匂いを嗅いで、自分をいじめた人じゃないってわかっただろうから、そのうち馴《な》れるよ」

という。ちゃーはまるでサナエがその場にいないかのように、視線を合わそうとはしなかった。

晩御飯もちゃーと一緒である。ダイニングテーブルには、ちゃーの椅子もちゃんと置いてあり、テーブルの上には御飯も置かれていて、まるでテーブルマナーを学んできたかのように行儀よく食べる。肉の匂いに鼻をひくひくさせてはいるものの、自分の食事が終わると、じーっとみんなが食べるのを眺めている。

「本当にちゃーちゃんはお利口さんね」

サナエが声をかけると、ちらりと目を合わせ、あとは両親のほうにずっと目を向けていた。

食後、姉と一緒に皿洗いをしていると、彼女はゴム手袋でしっかり手をガードしていた。こちらに来て、仕方なく家事を手伝うようになったら、びっくりするくらいに手が荒れはじめたという。

「前の生活が異常だったのよ。子供がいるのにあんなに長い爪をしてたんだもの」

サナエは今までいえなかったことをいってやった。

「そうよね。あれじゃ無理よね。ふふ」

姉は妙に素直になっていた。といってもどっぷりここの土地に染まるのには抵抗していて、自由が丘のときと同じとはいわないまでも、それなりのラインは死守したいと意気込んでいる。

「東京で着ていた服は全部持って来たんだけど、このへんじゃ浮いちゃって。ピンヒールなんて、こっちに来て仕事の初日に履いて出かけたら、道路にヒールが刺さって、動けなくなったんだから。仕事をするときは、フラットシューズがいちばんよ。といってもいちおうレペットのバレエシューズを履いてるけどね」

ピンヒールを履いて出かけたのが、今も続けている、道の駅の品出しのパートだったと聞いてサナエは呆《あき》れた。でも飽きっぽい姉が、まだ勤めているということは、それなりに考えるところがあるのだろう。姉の口からは直接聞けなかったが、ここでの暮らしはそう悪くはなさそうだった。

「ちゃー、かわいいでしょう。とってもいい子なのよ。ひどいことをされてたのに……。人間に復讐《ふくしゅう》してやると恨んだっておかしくないのに偉いよね。あの子を見ていて、いろいろと考えさせられたわ。離婚のときは頭にきたけど、結局、私って自分のことしか考えてなかったのね。彼に対しても子供たちに対しても、そのときはあなたのためって思ってたけど、違ってたね。すべてに対して愛が欠けてたんだよね。それがわかった。リカとケンだって、東京にいるときと全然違うでしょ。ここに来てから喘息《ぜんそく》もほとんど出なくなったのよ」

姉が風采《ふうさい》の上がらないちゃーを、いやがることなくかわいがってくれているのがうれしかった。

後片付けを済ませて、戸が開いていた両親の部屋をのぞくと、そこには子供たちもいた。すでに布団が敷かれてみんなでテレビを観ている。寝転がっている父の横で、寝ているのはちゃーだった。子供たちも手や足をちゃーの体にくっつけて、ごろごろしている。

「あら、布団の上で寝るの」

サナエが驚いていると、父は、

「ああ、毎晩、川の字で寝てるから」

という。よく見るとちゃーの頭の下には、枕まで置いてあった。きっとこれも母の手作りなのだろう。

「布団をかけて、ちゃんと寝るんだものね。ちゃーちゃん」

母が声をかけると、ちゃーははたはたと尻尾《しっぽ》を振る。姉がちゃーの頭を撫《な》でると、顔を上げてぺろぺろとその手を舐めている。サナエはそれを見て、自分だけが仲間はずれになっているような気がして、みんなに嫉妬《しっと》心すらわいてきた。

実家にいる間、サナエは髪の毛を垂らしたまま、疑いの目を向けるちゃーに優しく話しかけ、朝晩の散歩にも糞《ふん》担当として一緒について行き、ブラッシングの手伝いもした。サナエがブラシを手に持つと、ちゃーは一瞬、「えっ、あんたが」と不安そうな顔になり、横目でじーっと様子をうかがっていたが、そばに父がいるので、なんとか堪《こら》えていたようだ。

「辛《つら》いことを我慢してきたから、見慣れない人にはそう簡単には、心を許さないんだろうよ」

家に連れてきた当日は、水は飲むが御飯は食べず、八の字眉《まゆ》毛《げ》の情けない顔で、みんなにお尻《しり》を向けて丸くなって寝ていたという。雨が降ってきたので、家の中にいれてやろうとすると、怯《おび》えて逃げようとする。人間に向かって吠えたり、飛びかかってこないのが、余計不憫《ふびん》だったと父はいっていた。みんなで名前を呼んで抱きしめ、体を撫でて褒めてやっているうちに、表情が明るくなって、川の字に寝るまでになったのだ。

サナエがブラッシングをしてもどうも落ち着かない様子なので、途中で父と交替した。今度はうって変わってごろりと横になり、リラックスしている。

「お前をひどい目に遭わせた奴を、お父さんが見つけてぶっとばしてやるからなって、いってるんだよな」

　父がちゃーに話しかけると、寝転んだまま尻尾を振る。よかったねといいながら、サナエが思わず前脚を撫でてやると、一瞬、びくっとしたものの、そのままおとなしく撫でられていた。

　実家での二泊三日は、あっという間に過ぎていった。両親や姉一家は「また来てね」といってくれるが、問題はちゃーだ。ちゃーが自分を気に入ってくれたかどうか、サナエは気になって仕方がなかった。両親の横でおとなしく座っているちゃーの前にしゃがみ込み、

「また一緒に散歩に行こうね」

　と手を出してみた。するとちゃーは少し間を置いて、遠慮がちにぺろっと手を舐《な》めた。

「あっ」

　思わず声を上げると、母が、

「もう大丈夫だね。下のお姉ちゃんのこと覚えたね」

　とほっとしたように笑った。父といるときほどではないが、ささやかに尻尾も振っている。サナエは、初日には怯えて隠れていたちゃーに認められてうれしかった。四

方八方から写メもたくさん撮った。今は友だちが飼っているテリアの画像を携帯の待ち受けにしているが、ちゃーの情けない度がいちばん低いのに替えよう。糞担当でもいいから、またちゃーに会いたい。姉が駅まで運転してくれる「ベンツ」の窓から、

「また来るね」

と手を振ると、みんなと一緒にちゃーも、サナエのほうをじっと見つめ、そして車が見えなくなるまで、両親と一緒に見送ってくれていた。

ハムスターの
ハーちゃん、
ムーちゃん

親友のアイちゃんが結婚して、ナツコは十年間付き合っている彼ともども、結婚式と披露宴に招かれた。はっきりとプロポーズもされていなかったし、現実には婚約者ではないけれど、友だちがそう見てくれているのがうれしかった。アイちゃん、ナツコ、ナツコの彼は、高校の同級生だった。アイちゃんは親友、彼とは結婚を意識する関係になり、ナツコはぽーっとのぼせながら、自分たちの式のシミュレーションのような気分で、出席していたのだった。

それが。まさか。結婚式の二週間後、ナツコは彼の部屋で、別れを切り出されるなんて想像もしていなかった。

「いったい相手は誰なの！」

逆上した彼女に対して彼は、結婚式に出席していた、アイちゃんの夫の友だちの妹だといった。

「友だちの妹だとお？」

ナツコは仁王立ちになって、目の奥に焼き付いている結婚式と披露宴の映像を必死に早回しで思い出した。そういえばデジカメを手に、彼に話しかけている女性がいて、華奢《きゃしゃ》な美人だったけれど、やたらと男性に甘えるような、態度や話しぶりが気にくわなかった。

「ばっかじゃない。たまに声をかけられたからって、勘違いしてるんじゃないの」

「そんなことないよ。はっきり好きだっていわれたし」

「はあ？」

彼は黙って買ったばかりの携帯を差しだした。そこには彼女からの告白メールが何件も表示されていた。「お兄さんのようで素敵」「今度食事に連れていってもらいたいな」などとあるのを見たナツコは、

「ふんっ」

と鼻息を出した後、手にした携帯電話を壁に叩《たた》きつけた。

「あああっ」

彼はあわてて携帯を拾いにいき、

「あーあー」

と半泣きで必死にさすっている。

「私たちの十年は、あの女のこんなメールでこわれるってわけ。ばかみたい」

怒っているうちに、ナツコはだんだん情けなくなってきた。たとえどんな美人が寄ってきたとしても、私というものがあるのだから、うまく立ち回るのが大人の男というものではないか。それを、こんなメールが来たから、などとほざいている。

「中学生みたいなことをいうなっ」

また怒鳴りつけた。彼は携帯を大事そうに握って、床の上に正座している。

「それで食事はしたわけね」

彼はこっくりとうなずいた。その店が、ナツコが前から行きたかったものの、料金が高めだからと彼にずっと待たされ、去年のクリスマスイブに、やっと連れていってもらった店だとわかって、また腹が立ってきた。自分はその店に行くまでに十年かかったのを、あの女は出会ってたった一週間かそこらで行っている。憎たらしい。その調子では、それだけで済んだわけではないだろうと、突っ込んでいくと、彼女に誘われて仕方なく、ホテルに行ったと白状した。

「あんたって、なんてばかなの。私には三年間、手を出さなかったくせに、ホテルなんか行ったこともないわ」

ナッコは十年間の彼との出来事を思い出してぶちまけた。うつむいていた彼は、突然、

「ばかばかいうなあああ」

と大声を出した。

「ばかにばかといってなにが悪い」

「いつもおれのことをばかにしやがって。どんなに我慢してきたか、知ってるのか」

今度は十年間に蓄積した、彼の恨みつらみが爆発した。動揺しつつもナッコは、

「ふんっ」

と鼻息でそれをふっとばし、

「二度とあんたとは会わない！」

と宣言して、ずっと左手の薬指にはめていた、彼からもらった指輪を引き抜き、顔面めがけて投げつけてやった。

「いっ、いたたっ」

指輪は見事に眉間《みけん》に命中した。さすがに高校時代にバドミントンの選手だっただけのことはある。狭い玄関で急いで靴を履き、ナッコはバッグを開け、彼に買ってもら

った口紅やハンカチを、これも誕生日のプレゼントだった、バッグインバッグごと取り出した。そして力をこめて床に叩きつけて部屋を出た。

悲しくないかわりに、ものすごく腹が立っていた。彼に対してはもちろんだが、友だちの妹を呼んだ、アイちゃんの夫にも腹が立った。

「だいたい、友だちの妹まで呼ぶか」

ナツコはどこをどうやって帰ってきたか覚えておらず、ふと気がついたら、一人暮らしの部屋に呆然《ぼうぜん》と座っていた。そして水を一杯飲むと、45リットル入りのゴミ袋をとりだし、二人掛けソファの上のクッションや、パジャマ、着替え、歯ブラシなど、彼の痕跡《こんせき》がある品々を次々に中に放り込んでいった。

いちおうアイちゃんには報告をした。彼女は驚いていたが、話によると、夫の友だちは小学校低学年からの幼なじみで、女のきょうだいがいない夫にとって、彼女は本当の妹みたいな存在だったというのだ。アイちゃんが夫にナツコたちが別れた顛末《てんまつ》を話すと、あの子はもてたからなあといっていたらしい。

「もてたんじゃないのよ。自分から誘っているのよ。他人の彼氏でも」

電話口でナツコはつい大声になってしまった。アイちゃんはただただ、ため息をついている。ナツコは自分が怒るたびに、間接的に彼女を苦しめているような気がして

きて、

「ごめんね」

とあやまった。

「本当にね、なんていっていいかわからないけど……。でもこれからたくさん出会いがあるから」

「そうだよね。あいつのことは忘れる」

ナツコは携帯を耳に当てながら、何度もうなずいた。

そうはいっても、十年間、付き合っていた彼が隣におらず、見事にメールも電話も来なくなった現実に慣れるのは大変だった。自分の体の周りが、どうもすかすかしている。仕事が終わると、いつも彼と待ち合わせていたので、やたらと時間が余ってしょうがない。振られた直後は、ストレスが溜《た》まっていたのか、やたらと洋服を買ってしまい、ちょっと反省したものの、ショッピングモールをぶらつくのが、日課になってしまった。ナツコが住む最寄り駅のふたつ手前にある、半年前に出来た大型ショッピングモールには、たくさんの店舗が入っていて、大人から子供まで楽しめるようになっている。ふだん行くのはファッションやレストランのフロアだけだったので、あらためて他の階にも行ってみると、また新鮮な気分で楽しめた。

おもちゃや文房具を扱っているフロアの隅に、ペット用品を扱っている店があった。フード類は扱っているが、イヌやネコの姿はない。その店の前では同じ塾の鞄《かばん》を持った子供たちが、何人もしゃがみこんで笑っている。通りかかったナッコが彼らの肩越しにのぞいてみると、そこにいたのは透明なケースに入れられたハムスターだった。

「あ、あくびをしたぞ」

「ちゃんと口に手を当てたね」

「あっちのは目をつぶったまま、口をもぐもぐさせてるよ」

口々に子供たちは声を上げて、はしゃいでいる。あまりに楽しそうなので、ふだんはそんな行動などとらないのに、ナッコが近寄ってみると、筒状の寝場所にグレーの濃淡のハムスターが一匹、爆睡中だった。呼吸に合わせて灰色の小さな体が、上下に動いている。

「？」

ナッコはケースの真ん中を見て驚いた。そこには腹を上にして寝ている、グレーに焦げ茶色の柄が入ったハムスターの姿があった。寝場所に隠れている子よりもひと回り大きく太っている。

「こいつね、みんなが見てても、こうやって平気でお腹を出して寝てるんだよ」

そばにいた男の子が教えてくれた。

「へえ、恐くないのかしら」

「餌をね、ぱくぱくってたくさん食べて、最初は丸まって寝てるんだけど、だんだん上を向いて、最後はいつもこうなるんだ」

「へえ」

腹を上にして寝ているハムスターは時折、ぴくっと動いたりはするものの、全く起きる気配がない。よっぽど胆《きも》が太いらしい。

ナツコは動物は好きだが、父の勤めの関係で、ずっと社宅住まいだったので、飼うことができなかった。鳥ならいいのにと思っても、結局は世話係になってしまう母が、死んだときが悲しいから、絶対に飼うのは嫌だというので、動物を飼う機会を失っていたのだ。友だちの家に遊びに行くと、鳥、カメ、ハムスターを飼っている子が多く、そこでかわいがって満足していた。確かに死んだときは、相当な悲しみが襲ってくるようだった。飼っていたカメが亡くなって、家族全員で大泣きしている友だちもいた。お父さんも大泣きしているのを見て、ナツコはそんなに悲しいものなのかと、恐れを抱いたくらいであった。

それでもやっぱり、目の前のハムスターはかわいらしく、ナツコは無意識にケースの前にしゃがみ込んでいた。寝場所にいた子が目が半分開かない、寝ぼけた状態で、とことこと歩き出した。どうしたのかしらと見ているると、例の腹を上にしているハムスターの脇を通り、ケースの隅っこで、ちゃーっとおしっこをしたかと思うと、寝ぼけたまま寝場所に戻っていった。胆の太いハムスターは、明らかにその子に足を踏まれたのに、何事もなかったかのように眠り続けている。

「あらー、痛くなかったのかしら」

ナツコは小声でつぶやきながら、目の前のハムスターから目が離せなくなった。用便を済ませた子は、体を丸めて寝ていて、まるで毛玉が置いてあるようだ。一方、胆が太いほうは、お化けのような手つきになって、両手が宙に浮いたまま。口もやや開いてかわいい歯がのぞき、完全な爆睡状態になっていた。

子供たちはいつの間にか、いなくなっていた。七時を過ぎたので家に帰ったのだろうか。

「その子、ハムスターにしては、珍しく大胆な性格なんですよ」

見るからに優しそうな、大学生くらいの店員さんが声をかけてきた。

「みんなに見られてるのに、お腹を上にして寝てますもんね」

「そうなんです。ハムスターって、だいたいが臆病《おくびょう》な性格で、こっちの子のように陰に隠れて寝るものなんですけどねえ」

そういって彼女は笑った。ハムスター用品のコーナーには、手書きで、

「こんな種類がいます」

と書いたプレートが下がっていて、「ゴールデン」「ジャンガリアン」「ロボロフスキー」「チャイニーズ」といった、立派な名前のハムスターの写真が貼ってあった。店頭にいたのは、ジャンガリアンだった。ハムスターを飼うのに必要なセット一式と合わせると、一万円以上する。ナッコは失恋のストレスで、洋服をカードでやけ買いしてしまったので、万単位の出費は避けなくてはならなかった。

「ハムスターはとってもかわいいんですけど、イヌやネコみたいに、人と一緒に遊ぶというわけにはいかないでしょう。こちらが習性を理解してあげて、暮らしやすくしてあげるのが、大事なんです。部屋の中に放したら、物をかじったって怒って戻しに来る人もいるんですけど、ネズミと同じ種類だから当たり前なんです。ただ動いているかわいいぬいぐるみとは違うので。それをよくわかってくれない人が、最近、多いんですよね」

店員さんは閉店の片づけをしながら、悲しそうにつぶやいた。生き物を扱っていると、いろいろな出来事が起こるのだろう。

「ありがとうございました」

ナツコはもう一度、ハムスターのケースをのぞき込んで、店から離れようとした。

「また、ハムスターに会いに来てくださいね」

店員さんはいやな顔ひとつしないで、声をかけてくれた。二匹のハムスターたちは、それぞれの寝場所で、さっきと全く同じ格好で、爆睡していた。

それから毎日、ナツコは会社の帰りにそのペット用品店に立ち寄った。これまでは退社後のスケジュールが決まっていたのに、振られてからは予定が全く入っていない。友だちはみな、彼女が彼と会うと思っているので、遠慮してよほどのことがないと誘いの電話をかけてこなくなっていた。そんな彼女たちに連絡をして、

「彼と別れたから、会ってくれないかしら」

という気分には、まだならなかった。彼に未練があるわけではないのに、なんだかずーっと腹立たしい。納得できないし、日々、面白くない。

そんなむかつく気持ちを、ハムスターたちは見ているだけで消してくれた。子供たちがいるときは、いちおう大人として背後から見ているけれど、いないと真ん前に陣取る。胆の太い子にはハーちゃん。小柄な子にはムーちゃんと勝手に名付けた。二匹ともいつも寝ているわけではなく、妙に活発な日もある。小さな両方のお手々で餌を

持ち、ぽりぽりとかじった後、元気が出たのか、ケースの中の回し車に挑んだりする。ムーちゃんは寝ぼけた半眼の顔と違い、そういうときはかわいい目をぱっちりと見開いて、やる気満々だ。

（よーし、がんばれ）

ナツコの思いが通じたのか、ムーちゃんはひょいと車の中に飛び乗り、たたたたっと走って回しはじめる。

（上手だねえ）

ムーちゃんはパワーアップして、ものすごい勢いでぶんぶんと車を回し続ける。あまりに速いので、車が軸から取れて、ふっとんでしまうのではと心配になるくらいだ。

（おー、すごいすごい）

ナツコは心の中で大拍手である。そのうちムーちゃんは疲れて、車から降りて水入れのところに行って水を飲む。まんまるな目で水を一生懸命飲んでいる姿もかわいらしい。

ムーちゃんが車から降りると、背中を向けて餌をほおばっていたハーちゃんが、かわりに乗る。重量級なので最初は遅いけれども、調子が乗ってくると、どすどすと音を立てんばかりにして、勢いよく車を回す。

（おーおー、すごい、すごい）

重量級は重量級なりに、迫力があると、ナッコは感心してじっと見ていた。一方、ムーちゃんは、設置してあるパイプの中を、いったり来たりして、運動を怠らない。

ムーちゃんに比べて短い時間で、ハーちゃんは車から降りていた。

ただそこにぽつんといても、歩いても走っても、何をしてもハムスターはかわいい。そのかわいいハーちゃんとムーちゃんが、寝場所でしっかり抱き合って寝ているのを目撃したときは、あまりのかわいさに涙が出てきた。あの子たちはどうして抱き合っているのだろう。一緒に暮らしているから愛情がわいたのか。それともたまたま寝ていて、隣に温かいものがあったので、お互いくっついただけなのか。ナッコは二匹がそうやって、寝ている姿を見ているだけで、どういうわけか体の底から、幸せな気持ちがわき上がってきた。

友だちからの連絡がないなかで、事情を知っているアイちゃんは、ナッコを気にかけ、電話をかけてくるたびに、枕詞《まくらことば》のように、

「ごめんね、どうしてる？」

というようになった。

「えっ、大丈夫だよ」

平静を装って返事はするものの、実は彼が残していったTシャツがタンスの奥から出てきたので、鋏《はさみ》でずたずたに切った直後だったりする。

「彼女が接近してきたのが、ナッコちゃんが結婚する前でよかったって、彼がいうのよ」

アイちゃんの夫情報によると、例の彼女は婚活ではなく、とにかく目をつけた男性が自分になびくのを面白がるタイプで、これまでに何人もの既婚者を誘惑した経験があるという。奥さんに怒鳴り込まれて、大騒動になったりしたが、かえってそれを楽しんでいるふうでもあったらしい。

「結婚してたら、また面倒になるじゃない。だから、こういっちゃなんだけど、する前でよかったんじゃないかっていう……話なのよ……」

そんなことをいっても、慰めにならないとわかっているアイちゃんの声は、小さくなっていく。

「そりゃあ、そうかもしれないけど」

ナッコは何と返事をしてよいかわからない。

「そんな女、問題にならないの？　平気で誘い続ける神経が信じられないわ。他人に迷惑をかけて」

「それがね、彼女のお兄さんったら、『うちの妹って、魔性の女なんだよ』なんていって、結構うれしそうなんだって」

「えー、信じられない」

「そうなのよ。男の人ってさ、ああいう女が基本的に嫌いじゃないのよ。ナツコちゃんのことがあってから、うちのも大丈夫かしらって、心配になってきちゃった」

「やあね」

二人で声を揃えていい放った後、日々、何をしているのかと聞かれたナツコは、ハムスターの話をした。アイちゃんはしばらく絶句した。

「どうしちゃったの、急に。確かにかわいいけど」

その言葉には、やっぱり失恋して、ものすごいダメージがあったのね。今までハムスターのハの字もいったことがなかったのに、という雰囲気が漂っている。ナツコはショッピングモールをぶらついているうちに、偶然、ペット用品店の前を通りかかり、そこに胆の太いハムスターがいたのだと説明した。

「飼うの？」

「そんなつもりじゃないのよ。ただ見ていて全然、飽きないから」

「それだったらいいけど」

きっとアイちゃんは、私が失恋のうさばらしのために、ハムスターを飼おうとしているのかと、心配したのだろう。

「飼うつもりはないの。見ているだけで楽しいから。それにカードで洋服を買いすぎちゃって、ハムスターまで手が回らないのよ」

そういうとアイちゃんは、

「買ったかあ、洋服」

と笑った。

「買った、買った。インターネットやショップで山のように買った。ふと気がついたら、えらいことになってたけど」

「まあ、そういうのも必要よね」

アイちゃんと話をしていると、ナツコは少し気がまぎれた。

もしもこの部屋に、ハムスターがいたらとナツコは想像してみる。ハムスターたちは、あのずんぐりした体と、まん丸い目でちょこまかとケージの中を走り、外に出してやったら、こそこそと隅っこに逃げ込んで、様子をうかがったりするだろう。自分は彼らの名前を呼びながら、手渡しで餌をやってみたり、手のひらにのせてみたりして、かわいさを満喫するはずだ。正直いって失恋の気晴らしにもなるだろう。でも、だからといって、家に連れてきていいんだろうかとナツコは冷静になった。イヌやネコを飼うのは慎重になるけれど、ハムスターみたいな小動物は値段も二千円ほどで手頃だし、ついつい気楽に考えてしまう。場所もとらないし、鳴かないし、毎年、注射も打たなくていいし。でもひとつの命は命だ。家族と一緒に住んでいるのならまだしも、自分のいっときの気晴らしのために、命のあるものを連れてくることはできなかった。あまりに愛《いと》おしすぎて、余計に連れてこられない。お金の問題ではない。自分にはまだ責任が持てないような気がした。責任のなかには、彼らが亡くなったときに、その死を受け入れることもあるが、自分にはまだ自信がなかった。かわいいし大好きだけど、距離を置いて見ていたい。ずるいかもしれないけれど、今のナツコは、責任を負わずに、かわいいものを見てなごみたいという気持ちしかなく、飼わないほうを選んだのだった。

ハーちゃんとムーちゃんは、ナツコがいつ行っても、かわいい姿を見せてくれた。ハーちゃんは大きくなって、タヌキの帽子でもかぶせたら、ぴったりのお腹になり、ムーちゃんは相変わらず恥ずかしがりだ。顔なじみになった店員さんは、この店のオーナーの娘さんというのもわかった。

「ブログをやってるんです。よかったら見てください。母がお店の写真を撮って載せていて、素人なんで下手くそなんですけどね」

ナッコはその夜、その日のハーちゃんとムーちゃんの姿をしっかりと目の奥に焼き付けながら家に帰り、ブログにアクセスしてみた。

「えっ」

一瞬、目を疑った。承諾をとったお客さんたちの顔はそのまま写っているが、そうではない人たちは、顔のところにぼかしが入っている。そのなかでハムスターケースの前に陣取っている女がいた。顔の上半分はピンク色の蝶々《ちょうちょう》で隠されてはいるが、口《くち》許《もと》はにんまりと笑っている。もう一枚は子供たちの背後から身を乗りだし、これまた顔の上半分をブルーの蝶々で隠されてはいるが、あきらかに口許はゆるみっぱなし。

「ひゃああ」

写真を撮られているなんて、まったく気がつかなかった。顔の上半分が隠されているので、みんなには誰かわからないが、自分はわかる。写真担当のお母さんは、店の前のハムスターケースに集まる人々を、お店の紹介として撮影しただけのはずなのに、最近の画像をチェックしてみたら、ナッコはそのどれにも、SMの女王様みたいに、違う色の蝶々で顔を隠されて登場していた。

「あちゃー」

なかにはケースの正面で、口が半開きになっている画像まである。アホヅラを世間に晒《さら》した、私の恥ずかしい画像が、こんなにあるとは思いも寄らなかった。振られた彼に、

「あんたって、本当にばかっぽい顔をするときがあるね」

といい放った覚えがあるが、それとどっこいどっこいの間抜け面だった。

しかしあのかわいいハーちゃんとムーちゃんを、目の前にしているのだから仕方がない。顔を隠す配慮をしてくれているのだから、私を撮らないでという気もない。正直、恥ずかしくはなったが、ハーちゃんとムーちゃんと会えればいいのだと気を取り直し、パソコンの電源を切った。

「さあ、明日《あした》も写りに行くとするか」

目に焼き付けたハーちゃんとムーちゃんの姿を思い出し、ナツコはまた自然に、むふふと口許がゆるんできたのであった。

ネコのしらたまちゃん

私の父は家族に無視されている。嫌われてはいないけれど、好かれてもいないという微妙な立場で、とにかく家族の中心ではないことは確かだ。両親は大学生のときに同じクラスで知り合い、卒業前に母の妊娠がわかって大騒動になった。母は就職を取りやめ、二人は双方の実家から援助をしてもらって、なんとか家計を維持し、二十三歳のときに私が生まれ、二十五歳のときに妹のジュンコが生まれた。なので私が二十五歳の今、二人とも四十八歳と若い。

しかし年数を経て、倦怠《けんたい》期が訪れるのはどの夫婦でも同じで、特に母は父の悪口をいうようになった。

「パパのことは、それほど好きじゃなかったのよ。ちょっと気の迷いで、いいかなって思ったら子供ができちゃって。せっかく決まっていた化粧品会社の就職もあきらめなくちゃならなかったのよ。将来有望かと思ったら、お給料は頭打ちだし、加齢臭は急にひどくなったし。サユリやジュンコはかわいいけど、もうパパには全然、関心が持てないわ」

母は父とは血縁がないけれど、私と妹はその給料が頭打ちで臭い父と血がつながっているので、複雑な思いではある。

といっても私も妹も、学生時代から父の小言にはうんざりしていた。ヘアスタイルからスカート丈の長さまで、やたらと細かくチェックをいれ、母が、

「流行だから仕方がないでしょう」

と間に入っても、

「流行だかなんだか知らないが、似合うと思ったら大間違いだ」

などといって、私たちに嫌われた。そしてふだんは鈍感なのに、自分が嫌われていると珍しくわかると、くだらないおやじギャグで笑わせようとする。もちろんこれっぽっちも面白くなく、私たちが無視するので、父が自爆することになるのだが、さすがにこの作戦がだめだと気づいた父は、愚痴をいういじけ作戦に方向転換をして、ますます無視されるようになったのである。

ずっと専業主婦でいた母は、三年前からお洒落《しゃれ》中年女性雑誌の読者モデルをしてい

る。子供たちが成長して手を離れ、このままずっと家事だけをするのはいやだというのはわかるが、家族や周囲の人間が、誰も勧めていないのに、自分で読者モデルに応募したのには、正直いって私と妹は、

「すごい自信だよね」

と驚いた。自分はいけると自信を持って、応募する根性というか、ある種の図々《ずうずう》しさがあるとは想像もしていなかった。確かに学生時代の写真を見ると、美人でスタイルもいい。友だちのお母さんたちに比べれば、若い頃の体形を維持しているほうだろう。妹がどうして応募したのかと聞いたら、母は応募した雑誌を持ってきて、

「こんな人が読者モデルになれるのよ。この人より、ママのほうが数段いいでしょ」

と自慢した。私と妹は顔を見合わせて、はあと返事をするしかなく、小声で、

「ママって、絶対に同性から嫌われるタイプだよね」

と意見の一致をみた。

撮影で忙しいからと、母は家事に手を抜くようになった。まあこれまで家事ひとすじだったし、私と妹も大きくなったので、母一人に背負わせる必要はないけれど、父は面白くない。何度もやめるようにいったらしいが、学校を卒業して、楽しみにしていた就職すらできなかったのだから、今、そのときの自分を取り戻したっていいだろ

うと母に猛反撃されて、反論できなかったらしい。

母が外に出るようになってから、私や妹が家に帰ると、父はほぼ100パーセントの確率ですでに帰宅していて、一人で仏頂面でビールを飲んでいた。つまみはコンビニで買った鶏《とり》の唐揚げとサラダである。そうかと思うと、深夜、玄関で大きな物音がするので、階下におそるおそる降りてみると、父が泥酔して俯《うつぶ》せに倒れていたりする。両親の寝室は二階にあるが、母は昔から睡眠不足はお肌の大敵といって、朝まで絶対に起きないし、妹も起きてくる気配がない。かといって私が一人で、泥酔した父を二階まで連れていける力はないので、とりあえず、

「パパしっかりして。ちゃんと起きてよ」

と体を揺すって声をかけ、階下の和室の押入れに入っていた掛け布団を父の体の上にかぶせ、自分の部屋に戻った。翌朝になっても、父はそのままの姿で寝ていた。母は父を起こすこともせず、布団をかぶった父を放置して、その上を何度もまたいで、家事をするような有様だった。

外で飲めば泥酔し、家で飲めば私たちに向かって、「ママが家事をしない」「派手になった」「冷蔵庫に何も食べる物がない」「自分のことしか考えていない」「不況だというのにあんなに浮かれていてよいのか」など、母に対しての愚痴を並べる。こちら

も帰った早々、そんなものは聞きたくないので、生返事をしていると、

「お前たちのためにがんばってきたのに。それなのにみんなでパパを蔑《ないがし》ろにする」

といじけるのである。

父はいるけど、いないことになっている状態の我が家で、アイドル的存在なのが、オスネコの「しらたま」である。母が読者モデルに応募したものの、まだ編集部から返事がこなかった三年前の夜、アルバイト帰りの妹は、自転車に乗って交差点の赤信号で止まっていた。すると歩道脇の空き地に、薄いピンクや赤で薔薇《ばら》の花が描かれている、きれいな小さな白い箱があるのを見つけた。ゴミとして捨てられたような物には見えない。なんだろうと近寄ってみたら、中にいたのは真っ白い小さな仔《こ》ネコだった。その白い塊は背中で不安な気持ちを精一杯表し、体を丸めて震えながら箱の隅にぴったりとくっついていた。妹が、

「どうしたの、大丈夫」

と声をかけると、振り返って、

「に」

と小さく鳴いたという。中には、

「拾った方、よろしくお願いします」

と書かれたメモ書きが入っていた。それを見た瞬間、妹は、こんな小さな仔をこんな場所に置き去りにした人間に対する憤りと、仔ネコのあまりのかわいさに異常にテンションが上がり、自転車の前カゴに仔ネコが入った箱を入れて、

「かああーっ」

と叫びながら、今まで漕《こ》いだことがない速度でペダルを踏んで、あっという間に家に帰ってきたのだった。

仔ネコを見た女三人は、そのかわいさに一気にへなへなとなり、手分けをして仔ネコを家族とするべく、準備をはじめた。そこへ帰ってきた父は、いつになく女たちが楽しそうにしているのを見て、

「どうした」

と声をかけてきた。

「ジュンコがね、仔ネコを拾ってきたのよ。すっごくかわいいの、ほら」

母がうれしそうに仔ネコを抱き上げて見せると、父は、

「ふん」

と横を向いて、

「なんだ、ネコか。おれはイヌのほうが好きなんだ。イヌならよかったのに」

といい放った。この発言で父の点数は、かろうじて三十八点だったのに、十三点に急落した。

「パパなんか、放っておけばいいのよ。あの人には関係ないことだし」

母は憤慨し、私と妹も、こんなかわいい仔ネコを目の前にして、ああいういい方はないだろうと、父の存在を消したのである。

「しらたま」という名前は、真っ白くて丸い体から、拾った妹が命名した。その名前も父には教えなかった。どうせ興味のない人間に教える必要はないと、女三人の気持ちが一致したからである。キッチンでしらたまがうろうろしているのを見つけると、父は、

「おーい、ネコが台所をうろついているぞ。腹が減ってるんじゃないのか」

と私たちを呼ぶ。すると女三人のうち、手の空いている者が、しらたまに御飯をあげる。食べている姿もすべてがかわいいので、しゃがんでじっと眺めていると、父も新聞を読むふりをしながら、ちらちらとしらたまのほうを見ている。しかし拾ってきた直後の父の言葉にむかついている私たちは、しらたまだけに、

「よく食べるね、おいしい?」

と話しかける。するとおりこうさんのしらたまは、食べるのをやめ、こちらの顔を

見上げて、

「にゃん」

と鳴く。

「あー、おいしいの。よかったねえ。たくさん食べなさい」

そう声をかけると、再びしらたまは御飯を食べる。

「かわいいねえ。よしよし」

体を撫《な》でてやっていると、父は新聞で顔を隠しながら、目はしらたまを見ている。でもなにもいわないので、私たちもなにも話しかけない。会話をするのは、しらたまとだけだ。御飯を食べ終わると、しらたまを抱っこしてその場を離れる。そしていつも、父一人だけが残されるのだ。

以前は両親の寝室は一緒だったが、しらたまが家にきて、母が読者モデルに選ばれてから別々になった。母が別の部屋に移ったのではなく、父のベッドを納戸として使っていた二階の北向きの部屋に移したのである。母はしらたまを、幸福を招いた福ネコだと喜び、一緒に寝たいのだが、隣のベッドに父がいるのが不愉快だし、安眠のためにアロマオイルを焚《た》いても、父の加齢臭に負けていい香りが消されるというので、父がいないときを見計らって、女三人で父のベッドをひきずっていったのだ。日があ

まり当たらず狭い部屋だが、母が、

「パパはこの方角に寝ると、運気が上がるんですって」

と口から出まかせをいうと、それを聞いた父は、

「おお、そうなのか」

と、うれしそうに一人で寝ていた。それでまた女三人には、なんて単純なと陰で笑われるはめに陥ったのである。

外には出さないようにしているしらたまは、室内を歩き回ったり、走ったりするのが散歩がわりだ。白いネコは体が大きくなるといわれているが、しらたまも名前の通り、白い玉がくっついたような体に成長した。目も大きくまん丸でとてもかわいい。女三人はしらたまと父を接触させたくなかった。かわいい仔ネコがきたのを一緒に喜べないような人間とは会わせたくなかったし、しらたまが不愉快になるようなことを父がいうのではないかと、母は心配していた。

「あの子はおりこうさんだから、いっていることがみんなわかるのよ。家のなかで自分を好きじゃない人がいるってわかったら、しらたまがかわいそうでしょう。誰かさんは人がその言葉を聞いたら、どう思うかなんて、全然、わからない人だし、変なことをいわれたら、しらたまがかわいそうだわ」

元納戸の父の部屋のドアが開いていて、しらたまが入っていってしまうと、私は心配になってそっと様子をうかがった。父はしらたまを見て、

「どうした？　ん？　遊びに来たのか？　名前はなんていうんだ」

などと話しかけていた。もちろん、

「ぼくはしらたまです」

と名乗るわけもなく、まん丸い目でじっと父の顔を見上げている。私たちが「しらたまちゃん」と呼んでいるのだから、会話を聞いていればわかるだろうに、そういうところに気が回らないのだ。

しらたまが部屋に顔を出すようになってから、父は母に、

「ネコの名前はなんていうんだ」

と聞いていたが、母は冷たく、

「なんだネコかとか、イヌならよかったなんていう人には教えない！」

と無視していた。私と妹には、母以上に無視されるのがわかっているので聞いてこない。父のほうも自分がそういった手前、その場ではもう一押しできず、また二週間ほどして、

「ネコの名前はなんていうんだ」

と聞いては母に無視されていた。そして一緒に暮らしはじめて四か月後、私たちの会話から、父はやっとネコが「しらたま」という名前だとわかり、それからは姿を見かけると、

「おい、しらたま、しらたま。こっちにおいで」

としらたまを連呼するようになった。女三人は、

「やあねえ。こっちにおいでですって。拾ってきたときは、あんなに邪険にしてたのに」

と父を横目でにらんでいた。

白くてまん丸のしらたまは、父に呼ばれると、とことこと近付いて、父の体に頭をこすりつける。家にやってきたときには喜んでもらえなかったのに、なんと健気《けなげ》で優しい子なんだろうと、母は涙ぐみ、その後、

「しらたまちゃん、はやくこっちにいらっしゃい。パパのところには行かなくていいの。加齢臭が移るわよ」

とネズミのおもちゃを手に、小声で必死に呼んだりしていた。

ある日、編集部に打ち合わせで出かけた母は、家に帰るなり、

「次の号のペット特集に、しらたまちゃんがデビューするのよーっ」

とはしゃぎ、バレリーナのように、つま先立ちをしてくるくると回った。私と妹は二人で御飯を食べながら、顔を見合わせた。撮影のときに、携帯でしらたまの画像を見せたのを、編集者が覚えていて、ぜひにといわれたというのだ。

「すごーい、しらたまーっ」

「よかったねえ」

しらたまに声をかけると、大きな目をくりっと見開いて、じーっと私たちの顔を見ている。自分が褒められ、関心を持たれているのがわかるのか、しらたまもちょっとうれしそうな顔をしているのがかわいい。

階下の騒ぎを聞きつけたのか、二階の自室にいた父が出てきた。その日は誰も呼んでいないのに、

「部屋を変わったせいかな。あれからずっと調子がいいぞ」

と階下に降りてきて、女三人の前で腕を回してみせたりする。なんの調子がいいのかよくわからないのだが、面倒なので細かく聞かないでスルーである。ペットの企画の話も父にはしない。

「まあ、やっぱり。移ってよかったわねえ」

母が珍しく相手をすると、父は満足そうに、

「おおっ」

とうなずいて部屋に戻っていく。

「まったく、どうしたものかしらねえ。これまで人に騙《だま》されなかったのが奇跡だわ」

母はしらたまを抱きながら、ため息をついた。抱っこされたしらたまは、母に頭のてっぺんをいい子いい子されて、ぐるぐると喉《のど》を鳴らした。

「ほら、しらたまを見て。こんなにうれしそうな顔をしてる」

さっきまで父がとっていた行動は、三人の脳からすぐに消された。

「しらたまちゃん、すごいわねえ。ママと一緒にお写真を撮ってもらえるのよ。きれいにしなくちゃいけないわね。どうしたらいいかしら」

私と妹は母のことよりも、少しでもしらたまがかわいらしく写るようにと、あれこれ知恵を出した。

「やっぱり撮影の前は、プロにお風呂《ふろ》にいれてもらったほうがいいんじゃない。大通り沿いのペットホテルの一階にお店があって、長毛の子がブラッシングをしてもらっていたから、しらたまもきれいにしてくれるわよ」

「ふだんはつけてないけど首輪をつけたらかわいいわね、きっと」

「何色がいいかなあ。色が白いからなんでも似合うわ。ね、しらたまちゃん」

女三人が盛り上がっているテーブルの上で、しらたまは、まるで置物のように座り、

（ぼくのことですか）

と小首をかしげている。

「やだー、どうしてあなたはそんなにかわいいの。信じられない」

母は再びしらたまを抱き上げて、ぎゅーっと抱きしめた。ふごふごとしらたまの鼻息も荒くなっている。

「一世一代の大舞台だからね。がんばろうね」

私が声をかけると、母の腕の中でしらたまは、

「にゃん」

と小さな声で鳴き、もっこりとした前足で、うれしそうに顔を何度も撫《な》で回していた。

撮影の日まであと三週間。私たちは手分けをして、少しでもしらたまがかわいく写るようにと、グッズを探しはじめた。家で使っているしらたま用のネコベッドもあるが、妹が柄がいまいちといって、青山にあるペットショップで、お洒落《しやれ》な柄のを買ってきて、母に代金を請求していた。

「ちゃっかりしてるわねえ」

そういいながらも、母も満足して財布を開いている。しらたまへの出費はなんであってもOKなのだ。私は会社の帰りに、とってもかわいい、大きな透明ビーズがキラキラと光る水色の首輪を見つけた。ピンク、ゴールド、シルバー、革製の迷彩柄などの中で、しらたまにはこの水色がぴったりだと買って帰った。

母は私が買ってきた首輪を見て、

「まあ、きれい。似合いそうだわ」

と喜び、妹はしらたまを抱っこして連れてきた。

「さあさ、お姉ちゃんが買ってきてくれたのよ。これをつけてお写真に写りましょう」

母が首輪をつけようとすると、しらたまはとたんに顔を曇らせ、体を緊張させてのけぞった。

「どうしたの？　痛くもなんともないのよ。かわいくなるのに」

母が首輪を手ににじり寄り、妹が後ろからしらたまを抱きかかえると、

「んぎゃあ、ぎゃあぁ」

と体をくねらせて暴れた。

「あら、どうしたの。嫌なの。困ったわねえ」

母が何度もトライしようとしたが、しらたまは四本の足をぶんぶん振り回して、妹の胸から飛び出していった。そして少し離れた場所で、必死に体をぺろぺろと舐《な》め、こちらを振り返って、

「うぃー」

と不愉快そうな声で鳴いた。

「ふだん、つけてないから嫌なんじゃないの」

私がそういうと、母と妹は、

「そうなのかなあ」

と首輪を眺めながらため息をついた。

写真写りをよくするためには、首輪は絶対にあったほうがいいと母と妹はいい、それから毎日、様子を見てはしらたまに首輪をつけさせようと、あの手この手を使っていた。あるときは御飯を食べている背後からつけようとして失敗。あるときはぼんやりと外を見ているときにトライして失敗。やっと成功したのは、しらたまが爆睡しているときだった。ぴくっぴくっと時折、体を震わせながら爆睡しているとき、母はそろりそろりとしらたまのベッドに近づき、首輪の装着に成功した。そのとたん、寝ぼけまなこのしらたまが、

（ん？）

という表情で起きてきたのを、女三人が、

「しらたまちゃーん、かわいいーっ」

「素敵。今までの何倍もかわいいわ」

「みんな、かわいいしらたまちゃんが大好きになるわよー」

と手が痛くなるくらい拍手をしながら、口々に褒めちぎった。寝ぼけたしらたまは、しばらくきょとんとしていたが、だんだんうれしくなってきたらしく、

（えへへ）

と満足そうな顔になった。あんなに嫌がっていた首輪も、最初は後ろ足で二、三度搔《か》いたりしていたが、あまりにみんなに褒められるので、気持ちがよくなったらしく、平気になっていった。女三人は雑誌の撮影前に携帯でしらたまの姿を撮影し、

「かわいすぎるわー」

と身もだえした。そして父はといえば、しらたまに水色の首輪がつけられたことも、気がつかないようだった。

プロにお風呂にいれてもらい、ブラッシングもしてもらって、しらたまは母と一緒に撮影に出かけていった。性格のいいしらたまは、スタッフのアイドルだったという。

母は自分よりも、しらたまの写真写りを何度もチェックしたという。

「楽しみねーっ」

私たちは雑誌が送られて来るのを、まだかまだかと待ち望んでいた。

そしてしらたまが載った雑誌が送られてきた。

「きゃああ」

ページをのぞきこんだ女三人は、思わず声をあげた。「人気読者モデル、ミチルさんとしらたまちゃん」とタイトルがあり、そこには満面に笑みを浮かべた母と、丸いおめめを見開いて、かわいさ全開のしらたまの姿があった。

「何てかわいいの」

「ほら、見てごらん。こんなにかわいく撮っていただいたわよ」

母がしらたまにページを広げて見せると、ふんふんと匂いを嗅《か》いだだけで、ベッドに歩いていってしまった。

母が載っているページなど、壁に貼ったりしないのに、しらたまがデビューしたそのページは、リビングルームに貼られた。のっそりと帰ってきた鈍感な父も、珍しくそれに気がつき、

「あっ、しらたまも一緒か」

と叫んだ。

「しらたまも、かわいく撮れてるなあ。ママもこれまででいちばんいい」

「あら、そう」

思いがけない父の言葉に、母もつい返事をしてしまったようだ。

「表情が柔らかくていいよ。とても自然な感じがする。今までの写真は、何だか挑戦的っていうか、どうだっていう感じだったけど。学生時代のママみたいだ」

私と妹は二人のやりとりを聞いて、パパはなんだかんだいっても、ママが載っていた雑誌を見ていたのかもしれないねと小声で話し合った。

「この首輪もかわいいなあ」

「前からつけてたでしょう」

「そうだっけ。気がつかなかった」

「呆《あき》れるわねえ」

珍しく両親の会話ははずんでいた。気のきいたこともいおうと思えばいえるじゃないかと、ちょっとだけ父を見直した。しらたまが雑誌に載ったおかげで、敵対していた父と女三人の溝は少しだけ埋まり、父の点数も十三点から二十八点に上昇したのであった。

ヤモリのヤモリさん

息子の四歳のショウタは、爬虫類《はちゅうるい》、両生類、そして虫が大好きだ。私も蝶《ちょう》は嫌いではないが、ガ、バッタ、カブトムシ、カマキリは苦手で、ましてやゴキブリは大嫌いだし、にょろにょろ系のものも絶対にだめ。爬虫類、両生類もお断りしたい。私は一人っ子で、虫好きのきょうだいがいたわけでもなく、あまりに私が虫やミミズを嫌がるので、両親が私の目に触れる前に、すべてを遠ざけていた。それが災いしたのかもしれないが、大人になっても免疫ができず、今日まできてしまった。しかし息子は、私が苦手なものすべてが大好きなのだ。

子供の目で間近で眺めていると、それらは小さな怪獣か、ポケットモンスターの一員みたいに思えるらしく、一緒に買い物に行って、道路沿いの民家の植え込みに、カマキリがいるのを見かけると、

「ママーッ、カマキリだああ、カマキリさんがいるーっ」

と絶叫して手でつかもうとする。それを、

「カマキリさんは、今、用事があって忙しいんだから、そんなことをしたらだめなの」

と引っ張っていこうとすると、

「じゃあ、見るだけ」

とカマキリにあと十センチという至近距離まで顔を近づける。いつ顔にカマキリが飛びつくかと気が気ではないのだが、彼は口を半開きにしたまま、見入っている。

「ほら、ショウタが見ていると、カマキリさんは何もできないから、さようならしよう」

手を引っ張ると、彼は名残惜しそうに何度も何度も振り返りながら、

「ねえ、カマキリさんは何の用事があったの？　ねえ、何の用事？」

とスーパーマーケットに行く途中、百万回同じことを聞く。口から出まかせをいったので、返答に困っていると、

「ねえねえ、カマキリさんの用事はなに？」

と下から私の顔をのぞき込んで、前に立ちはだかろうとする。面倒くさいので、

「幼稚園」

と答えると、息子は、

「えっ」

といってしばらく黙った。これでおとなしくなってくれるかと思っていたら、次には、

「カマキリさんはどうして幼稚園に行ってるの」

と聞いてくる。そんなにカマキリが気になるのかと呆《あき》れつつ、

「カマキリさんは、幼稚園でいろいろと教えてもらうの。お友だちと遊んだりもするし、いろいろとお勉強しなくちゃいけないの。車に轢《ひ》かれたカマキリさんがいたでしょ。ああいうふうにならないように、先生に教えてもらうのよ」

といった。二日前、車に轢かれたカマキリを見て、息子はかわいそうだと涙したばかりなのだ。それを思い出して、彼はしばらくしゅんとしていたが、また歩きながら、

「カマキリさんが行っているのは、何ていう幼稚園？」

という。またカマキリさんかとため息をつきながら、

「カマキリこひつじ幼稚園」

と答えると、

「わあ、ぼくが行っている幼稚園とおんなじ名前だあ」

と歓声をあげた。

「カマキリさんと同じ名前の幼稚園でよかったねえ」

そういわれた息子は、

「うん」

と元気よくうなずいて、やっと私はカマキリさんから解放された。スーパーマーケットに行けば、陳列されたお菓子に目を奪われて、虫の話題などひとことも出ないのだが、外でちょっとでも虫の類《たぐい》を見かけると、もう大騒ぎなのだ。

夫は単身赴任で、週末だけ新幹線で三時間かけて帰ってくる生活が、ここ二年近く続いている。息子は赤ん坊のときから虫に興味を持っていて、虫が登場する絵本だと、手足をばたばたさせて大喜びしていた。家族三人で散歩に出かけると、夫は公園の草むらなどで虫を見つけては、ショウタに触らせた。私は五歩以上下がって、絶対に関わらないようにしていた。

虫関係はすべて夫が担当だったのが、単身赴任をして家にいなくなり、それが私にのしかかってきたのが、いちばんいやだった。赤ん坊のときはまだ親がいくらでも虫から遠ざけることができるが、自分で動けるようになる三歳、四歳になると、勝手に息子が虫を採ってくる。本当に迷惑としかいいようがない。自分でもどうしてこんなに苦手なのかわからないのだが、生理的にだめなのだ。

ショウタがバッタを持った手を私に突きだし、満面に笑みを浮かべて駆け寄ってきたのを見て、

「虫さんは、土曜日と日曜日以外、採っちゃだめーっ」

といい放ったこともあった。パパがおうちにいるときだけ、採ってきてもいいと話をしたのに、虫を見つけると、ころっと忘れるらしく、いつ何時でも、

「ママーッ、カナブンがいたーっ」

と大喜びしながら持ってくる。カナブンは青緑色に光って、手足をばたばたさせている。

「きれいだねえ。指輪にもなるねえ」

そういいながら私の指の上にのせようとするので、ひえーっと後退《あとずさ》りしながら、

「ほ、本当にきれいねえ。でも指輪にするのはかわいそうだから、マ、ママはお庭の草の上に、カナブンが……いるのを見ているほうがいいな……」

と必死でいう。すると息子はうなずいて、カナブンを庭の草の上に置く。そしてすかさず、

「プリンがあるよ」

と声をかけると、

「プリンだ、プリンだ」

と大喜びで室内に入ってくるので、これでカナブン問題は終結する。とにかく私が大の苦手の虫関係を解決するには、大好きなお菓子を彼の目の前にぶら下げて、少しの間だけでも、関心をそらすしかないのだった。

子供が生まれるとわかって、マンションを購入したとき、どうして一階にしたのか。虫が簡単に入ってこられない、上の階にすればよかったと、今でも悔やまれる。夫の、

「子供がいつでも、土に触れられるような場所がいいよね」

という言葉に、ついうなずいたのがまずかった。住んでいるマンションの一階には庭がついていて、隣の年輩のご夫婦は家庭菜園を楽しんでいる。その隣は奥さんがガーデニングが趣味で、四季折々に花が咲いている。その隣ではミニチュア・ダックスフントを二匹飼っていて、ワンちゃん用の遊具が置いてあり、芝を植えた庭を駆け回っている。しかしうちは野放しなので、他のお宅に比べてものすごく見劣りがしているのは確かだ。おまけに隣が使う虫除《むしよ》けから逃れてきた虫たちが、野放しにしているうちの庭に、大挙して避難するらしく、息子は、よく、

「あ、にょろちゃんがいたっ。ここはにょろちゃんのお家《うち》だよー」

などと叫んでいる。にょろちゃんなどと聞いた日には、背筋にぞーっと寒気が走る。

そして、

(にょろちゃんのお家ですって? ショウタがどうぞ見せに来ませんように。にょろちゃんがつかまりませんように)

と必死に腹の中で祈るのだ。

週末に夫が帰ってくると、虫関係の話し相手ができて、息子のテンションが上がる。八月のお盆に一週間の夏休みをもらった夫は、息子を昆虫展や爬虫類《はちゅうるい》展、虫関係のイベントなどに積極的に連れていった。帰ってきた息子は、ものすごく興奮しまくっていて、

「毒蛇はね、みんなものすごーく、きれいな色をしてて、かっこいいんだよ」

と目を輝かせ、いった先で買ってもらったカタログやパンフレットを手に、

「ママーッ、ほら、見て見て。これね、ぼくが庭で、この間、見たの。ほーら、すごいでしょ。こんなに大きく描いてあるんだよ」

とわざわざ見せに来る。

「マ、ママは忙しいからいいわ。あとで見せて」

と断っても、

「だめ、今、見なくちゃだめ」

としつこい。そして息子が掲げている本を横目でちらりと見ると、にょろの本体に無数の脚がくっついている、私がいちばん苦手なタイプの生き物が、ものすごくリアルに描かれていた。

（げええ）

思わず顔をそむけると、息子は、

「これね、このあいだ庭にいたんだ。これはね、えーと、ヤ、ス、デ。『ヤスデ』っていうんだよ。ママ、ねえ、ママってば」

「わかった、『ヤスデ』ね。ちゃんと覚えたから大丈夫よ」

「今度見つけたら見せてあげるね。庭のにょろちゃんのお家にいるから」

「えっ、そ、そうなの……。ママがお庭に見に行くから、お家の中には持って来ないでちょうだいね」

そういうと息子は、ちょっとがっかりした顔をする。そして突然、表情を変え、

「トカゲってきれいなんだよ。敵に襲われると尻尾《しっぽ》を自分で切って逃げるんだ。そしてね、その尻尾がまた生えてくるんだって。すごいねえ」

息子はまだ見ぬトカゲにうっとりし、ヤスデという正式名称がわかった、にょろちゃんの土の家を作ってやっても、このところのゲリラ豪雨にやられて、雨が上がるとどこかにいっちゃうと嘆いていた。

（そうか、豪雨になると奴らはいなくなるのだな）

と私が悪魔の笑いを浮かべている横で、息子は愛するにょろちゃんや虫たちが、どこかにいっちゃうのを、とても悲しんでいる様子だ。息子の気持ちを傷つけることなく、私の苦手な生き物を室内に持ち込ませない方法はないかと、必死に考えていた。

そんな私の悩みを知ってか知らずか、夫は息子と一緒に百円ショップで密閉容器を買ってきて、庭でごそごそと何事かやっていた。しばらくしたら隣の奥さんの声も聞こえてきた。野放しにしている庭の草取りを、親子でやってくれたらいいのにと思いながら、掃除をしていると、

「いたー、いたー、トカゲがいたああ」

と息子の、大声が聞こえてきた。

（げえ、トカゲが……）

おそるおそる庭に目をやると、隣の菜園の隅で夫と息子が大騒ぎをしている。それを隣のご夫婦が笑いながら見ているという有様で、さすがの私も無視できず、

「お邪魔してすみません」

と声をかけた。すると奥さんが、坊やがトカゲを探してるというので、この間、あそこで見たと教えたのだという。

「見つかったみたいでよかったわ」

といい、ご主人もにこにこしている。

「それはどうもすみませんでした」

といちおう御礼はいったものの、いたのかトカゲとがっかりした。

「ああっ、ダンゴムシ、ダンゴムシもいたあああ」

息子の歓喜の声が響いた。

「あら、ほほほほほ」

奥さんは笑っている。

（ダ、ダンゴムシ……）

攻撃してくるわけではないが、奴らも嫌いだ。夫と息子はよせばいいのに、菜園の隅にある石をひっくりかえして、わざわざ見つけ出したらしい。

「はあ〜」

私はため息をつきながら、キッチンの床を拭《ふ》いていると、土まみれの手をした息子

が、

「ママー、すごいよ、すごいよ」

と叫びながら、大事そうに二個の密閉容器を抱えている。

「ちゃんとおじちゃん、おばちゃんに、ありがとうって御礼をいった？」

「うん、いったよ。ほら、ママ、トカゲ。やっとつかまえた」

息子の目はキラキラ輝いている。

「あ、ああ、トカゲね……」

彼のありあまる喜びに水をさすのは、親としてためらわれ、私は覚悟してそっと中をのぞいてみた。

（げえええ）

中には体長十センチちょっとの、尻尾が青いトカゲがいた。

「これはまだ子供だな」

夫の言葉に私は、これ幸いと、

「子供だったら、逃がしてあげようよ。トカゲのお母さんが捜しているかもしれないよ」

といってみた。すると息子はうーんと考えていたが、素直に夫にトカゲの写メを撮影してもらって、庭に放しにいった。

「ちょっと、パパ、それなに？」

夫が手にしている密閉容器を見ると、何やら動いている。

「ああ、これ。ヤモリ」

そういって蓋《ふた》をずらしたとたん、ちょろちょろっとヤモリが脱走した。

「きゃああーっ」

灰色に茶色の斑点《はんてん》がいっぱいあるヤモリは左右にからだをくねらせながら、さささっと食器棚の陰に隠れてしまった。その点々を見ただけで鳥肌が立ってくる。

「きゃあ、ヤモリが。捕って、捕って、ほらー、やだー」

私が大声を上げると、夫は、

「ヤモリは家を守ってくれるから、縁起がいいんだけどなあ」

といいながら、棚の下をのぞきこんでいる。

「裏、裏にまわってるんじゃないの。あー、やだ。ああーっ、パパあ、壁、壁、ほら、そこにへばりついているわよーっ」

背後で息子は、

「ヤモリ、かっこいい。忍者みたい」

とうっとりしながら見ている。夫は密閉容器を壁に張り付いているヤモリの体の上にかぶせ、クリアファイルを容器の下にすべりこませて、やっとヤモリを確保した。私は一気に脱力した。

そんな私を後目《しりめ》に、夫と息子はクリアファイルで蓋をした密閉容器をのぞき込み、壁には吸盤でくっつくのだと教えてもらった息子は感激し、ヤモリが動いてファイル面にへばりついたのを見て、

「すげえ、吸盤だああ」

と声を上げていた。

(吸盤でも何でもいいから、とにかく私から見えないところに持っていって)

そう口に出す元気もなく、椅子に座り込んでいた。

夫と息子はヤモリが入った容器を手に、キッチンから出ていった。ヤモリも庭の隅の隅の、私の目には絶対触れないような場所に逃がしてよと思いつつ、ふとテーブルの上を見ると、土が入った密閉容器が放置されていた。嫌な予感がしたので、手をタオルでくるんで、容器をテーブルの隅に押しのけると、それを見た息子が、

「それもぼくとパパが見つけたんだよ」

と得意げだ。

「ああ、そうなの」

開けろともいわないのに、息子は蓋を開けようとするので、思わず逃げ腰になる。

「ほーら」

蓋を開けた容器を鼻先に突き出され、おそるおそる薄目で見ると、そこには例のヤスデがにょろにょろ、ものすごい臭いを発してもそもそと動き回っていた。

「きゃー、早く蓋をして。出てきちゃうからあ」

息子は私のリアクションを見て、

「えへへ」

と面白そうに笑いながら、蓋を閉めた。

（あー、本当にいや）

今日一日で五歳は老けたような気がした。晩御飯のときに夫と息子は、日中の出来事でものすごく盛り上がっていた。食事中だというのに、私は否応なしにヤスデだのヤモリだのダンゴムシだのという話題を聞かされ、食事をしながら耳を塞《ふさ》ぐよい方法があったら、本当に知りたいと心から思った。

息子の部屋は壁一面、どこもかしこも好きな生物の写真と、自分で描いた絵だらけである。私にとってはどこを見ても鳥肌が立つので、唯一、写真や絵が貼られていない、フローリングの床だけを見つめて掃除機をかけるしかない。いいかげん、何とかならないかと夫に相談したら、あれだけ興味があるのだから、それを伸ばしてやればよいという。

「将来、立派な学者になるかもしれないじゃないか」

いったいヤスデやダンゴムシやトカゲやヤモリを研究して、世の中の役に立つのだろうか。

「世の中の役に立たないことを、一生かけてやるからいいんじゃないか」

と夫はいう。家族がいるのに単身赴任を強いられ、仕事相手に下げたくない頭を下げ、理不尽に皮肉や文句をいわれるのを、退社後の居酒屋でのビールで鬱憤《うっぷん》を晴らし、誰もいないワンルームマンションに帰る。

「ショウタにはおれみたいな人生じゃなくて、本当に好きなことをやってもらいたいなあ」

そういわれると私も夫に対して、

「生活できるのもパパのおかげ。いつもご苦労さま。ありがとうございます」

としかいいようがない。息子に対する気持ちは夫と同じだが、よりによって対象が、あの生物たちじゃなくてもいいじゃないかといいたくなる。

興味のあることは、どんどんやれと夫がけしかけたものだから、息子はのめりこんでいった。展示会を見に行ったついでに、デパートで昆虫のグミができる、クッキングトイまで買ってもらっていた。二人はまるで理科の実験をするみたいに、真剣に作っていた。出来上がったグミは、これがまた、ぶるんぶるんしていて、虫嫌いにはものすごく気持ちが悪い。夫と一緒に作った息子は大喜びで両手に持ったり、ぱくりと体半分だけ口にくわえて、口から虫の脚を出したり、おまけで作れるおたまじゃくしのグミを舌の上にのせたりしている。そしてそれを夫が写メで撮る。二人して大喜びだ。

「ママにもあげる」

息子が虫の脚を一本、ちぎってくれたので、半泣きになりながら食べた。

また隣のご夫婦が、息子のために、

「芋虫がいましたよ」

と声をかけてくるようになった。私はいちおう、

「いつもすみません」

と口では礼をいうものの、ありがた迷惑という言葉が浮かんでくる。ご主人が、

「あそこにゲジゲジもいたよ」

と教えてくれるのを聞くと、頭がくらくらする。夫がいる間は、すべておまかせだが、帰ってしまった後は、いったいどうすればいいのだろうか。

夫が明日《あした》帰るという日、息子は私に、

「掃除のときに気をつけてね。ヤモリさんがいるから」

と真顔になった。

「ヤモリって、このあいだのヤモリ?」

てっきり庭に放したものと思っていたのに。

「庭にいてもね、ちゃんと戻ってきて、壁や天井に張りついてるの。きっと夜行性だから、庭で虫を食べてくるんだね。ぼくの部屋が好きなんだ。鳴くのもいるって図鑑に書いてあったから、鳴いてくれるといいなあ。ぼくたちを守ってくれるから、いじめたらきっと悪いことが起こるよ」

息子はヤモリとお友だちになれたのがうれしくて描いたという、ヤモリの絵を見せてくれた。そこには、

「なまえ　ヤモリさん」

と書いてある。さんづけになっているところを見ると、尊敬しているらしい。これで息子の部屋を掃除する回数は明らかに減るだろう。いっそこれを機に、自分で掃除

をするようにし向けてしまおう。

「ヤモリさんはね、名前を呼ぶとぼくのほうを見るんだよ」

あまりに好きすぎて、勘違いもしはじめているようだ。

「それとね、ママにプレゼント」

息子はポケットから、赤いリボンのついた、小さな平たい箱を取り出した。

「あら、何かしら」

軽く振ってみても音はしない。

「どうもありがとう。うれしいわ」

リボンをほどき蓋《ふた》を開けた。

「ぎゃあああー」

箱の中に入っていたのは、ぎっちりと詰められたダンゴムシだった。私の絶叫と同時に箱は床に落ち、丸まっていたダンゴムシは、四方八方にもそもそと脱走しはじめた。

「ぎゃあー」

絶叫しながら隣の部屋に逃げ込んだ私を見て、息子はくすくす笑い、庭にいた夫は息子に向かって親指を立てている。

（やったわね……）

怒りに震えながら後退《あとずさ》りして、ふと壁を見ると、そこには息子の部屋から出張してきたヤモリさんが、のんびりとへばりついていた。

「一匹たりとも逃がさないで。そしてきれいに床を拭《ふ》いてーっ」

私の全身に鳥肌が立っているというのに、男二人は笑いをこらえながら、尻《しり》をこちらに向けてダンゴムシを拾い集めている。

（ううむ、絶対に許さんからな）

私はのんきに壁にへばりついているヤモリさんを横目で見ながら、両手の拳《こぶし》を握りしめ、

「やだあーっ」

と腹の底からもう一度、大声で叫んだ。

柴犬風　ゴンちゃん

二十七歳のシュウイチと二十一歳のハルコの兄妹《きょうだい》の父親は、ひと月前、五十七歳で亡くなった。脳内出血で会社で倒れ、そのまま意識が戻らなかったのだ。中学二年生のときの同級生で、十年以上交際して結婚したという二人の母親は、突然の出来事に混乱して、知らせを受けた直後は靴を履かずに出かけようとしたり、葬儀が終わった後も空を見つめたまま、飼い犬のゴンを抱いて、放心したように椅子に座っていたり、現実を受け止められないようだった。

一家の飼い犬ゴンは、今年十四歳になった。柴犬《しばいぬ》にそっくりだが実は雑種で、生前、父親はゴンを連れて散歩にいき、

「柴犬ですか」

と聞かれると、

「いえ、柴犬風なんです」

とすまして答えていた。父の知人からもらってきた当初は、門の横の犬小屋で飼うつもりだったのが、父親が、あんなまん丸いかわいい目をした子イヌに、

（ぼくだけここにひとりでいなくちゃいけないの）

と訴えられると、かわいそうでたまらないといいだし、玄関の三和土《たたき》に居場所を作ってやった。それがどんどん昇格していって、いつの間にか室内外の出入り自由になってしまったのだ。

父親が倒れたとき、家にいた母親は、ふだんはおとなしいゴンが、ずっと吠《ほ》え続けていたといっていた。今日はいったいどうしたのかしらと不思議に思っていた矢先、会社から電話があって、夫が病院に救急搬送されたと聞かされたのだ。

「動物のカンでわかったのかしら」

病院で母親はつぶやいていたが、ゴンは父親が亡くなってしばらくの間、夫婦の部屋兼居間の隅に置いてある、自分の円形ベッドの上にうずくまって、じーっとしていた。そして時折、すっと立ち上がって、まるで父親を捜しているかのように、家中をくまなく嗅《か》ぎ回っていた。そしてどこを捜してもいないとわかると、またベッドにうずくまり、時折、くーん、くーんと小さな悲しそうな声で鳴いていた。それを見て残

された家族はゴンを慰め、新たに涙したのである。

二十一歳のハルコは兄に、

「お母さん、大丈夫かなあ」

と不安を口にした。父親が亡くなってから、めっきり老けこんでしまい、身なりにもあまり気を遣わなくなってしまった。定年退職をしたら、二人で日本中を旅行しようといっていたのにと、それぱかりを口にする。シュウイチは父親が亡くなる半月前に、勤め先から解雇された。それを告げたとき、父親には、

「そうなったのは仕方がないから、新しい仕事に就けるように、前向きに考えろ」

といわれたけれど、もしかしたら実はとてもショックを受けて、それが突然死の引き金のひとつになったかもしれないと、落ち込んでいた。

「そんなことないよ。お父さん、会社の健診でも、血圧でいつもひっかかってたみたいだし」

ハルコは自分の解雇と父の死の両方がふりかかってきた兄も気になり、今まではろくに話もしなかったけれど、なるべく彼とも話をして、気にかけてあげようと思うようになった。

というハルコもカフェのアルバイトをしていて、正規雇用ではない。経営している

企業が大手なので、すぐに潰《つぶ》れるということはないし、アルバイト代も他の店よりは条件がいい。しかし面接のときのチェックがとても厳しく、合格した側の自分がいうのもなんだが、容姿重視だったような気がする。なので男女問わず、店員は異性の客からの誘いが多く、ハルコも何度も誘われた。なかには亡くなった父と同年輩のおじさんに声をかけられて、びっくりしたこともある。もしもそんな話をしたら、両親にも兄にも、そんなあぶないところはすぐにやめろといわれるに決まっているので、ハルコは家族には何もいわなかった。

なるべく面倒くさいことには巻き込まれたくないので、ハルコは夜間の時間帯を勧められても、日中の勤務をずっと守っていた。時給は少し安いけれども、深夜、ちょっと周囲が寂しい自宅周辺を歩くのは恐かったし、一度、夜の時間帯に働くとそれに慣れてしまい、一般企業の正規雇用の仕事を見つけたときに、困るのではないかと考えたからだった。

夜、七時前にハルコが家に帰ると、どこも行くところがないシュウイチは、いつも庭で飼い犬のゴンと遊んでいる。最近はさすがにゴンも年齢には勝てずに、散歩以外はほとんど室内にいるが、遊ぶのは大好きだ。シュウイチがボールを放ると、ゴンはたったたっと年齢相応の小走りをして、ちゃんとくわえて帰ってくる。庭が狭いの

で、すぐ往復できるのである。シュウイチは、

「ゴンは偉いなあ。ちゃんとくわえて持ってこられるんだねえ。偉いぞ」

と大げさに褒めて頭を撫《な》で、体を抱きしめてやる。するとゴンは、

「くうう〜」

と喜びの声を発しながら、彼の顔をぺろぺろと舐《な》め、そしてごろりと地べたに仰向《あおむ》けになって、お股《また》全開になる。ハルコも参加して一緒になって撫でてやると、仰向けになったまま足をばたばたさせて大喜びだ。

「よーし、いい子だなあ」

そういいながら彼がお腹をさすってやると、ゴンは、

(ぐふふふ)

とうっとりして至福の表情を浮かべている。そして母親に、

「ゴンちゃんは贅沢《ぜいたく》ねえ」

と呆《あき》れられながら、シュウイチに抱っこしてもらう楽ちんスタイルで、家の中に入るのが日課になっていた。

家族はゴンの存在に救われていた。ゴンが寂しそうにしているときは、みんなで体を撫でながら声をかけてやり、誰かが落ち込んでいるときは、真っ先にゴンがやって

きて、手や顔をぺろぺろと舐めてくれる。体が温かい生き物を抱っこしていると、悲しい気持ちもほぐれていった。

「皮肉じゃなくてさ、お兄ちゃんが家にいてくれるようになってよかったよ。ゴンちゃんがいるっていっても、やっぱりお母さん一人を家に残しておくのって心配だったもの」

ハルコの言葉にシュウイチは、

「そうか。それじゃあ、少しはおれのリストラも役に立ったってことかな」

といって笑っていた。

四十九日の法要も終わり、家族の気持ちも落ち着いてきた頃、ハルコがアルバイトに行く途中、駅で電車を待っていると、兄から電話がかかってきた。

「お母さんが倒れた」

何が何やらわからないまま、ハルコはあわてて兄に教えてもらった救急病院に向かった。すでに母親は手術室に入っていて、普段着の兄がぽつんと廊下の椅子に座っていた。ひどい頭痛がするというので、すぐに病院にいこうといっていた矢先に、嘔吐《おうと》して倒れた。

「どうなっちゃうんだろう」

ハルコは涙声になった。

「意識がないんだ。手術をして戻ってくれればいいんだけど」

しばらくハルコは兄の隣に座っていたが、アルバイト先に事情を話すのを忘れていたので、あわてて連絡をした。二人は食欲もわかず、ただ椅子に座っているだけだった。そして結局、母親も父親の後を追って、あの世に旅立ってしまったのだった。

父親が亡くなってから、さすがに落ち込んでいた日はあったけれど、最近は表情も明るくなってきて、

「私もまだ五十代なんだから、これから元気で明るく過ごさなくちゃ」

などといっていたのに。兄妹《きょうだい》はたて続けに身内の葬式を出す事態になってしまった。

「おやじが呼んだんだよ、きっと」

「仲がよかったしね。あの世で再会して、二人は喜んでいるかもしれないね」

ハルコはそういったものの、涙が止まらなかった。シュウイチは自分が母親の異変に気づいてあげられなかったと悔やんでいた。ゴンはゴンで自分のベッドに丸まって、悲しい目をして兄妹を見ている。

「おれたち三人になっちゃったよ」

彼が頭を撫でると、ゴンは起き上がって体を彼にこすりつけ、そして何度も顔を舐

めた。その次にハルコのところにやってきて、涙をぬぐうように顔を舐めてくれた。

「ゴンは最近、お口が臭いからなあ」

　シュウイチは笑った。こまめにお風呂《ふろ》にいれてやっても、なんとなく臭う。犬にも加齢臭があるのだろうか。そういわれたゴンは、意味がわかっているのかいないのか、尻尾《しっぽ》を小さく振りながら、ずっと二人のそばに座っていた。

　両親が残してくれた小さな家で、あっという間に三人の小さな生活がはじまった。両親の預金や保険金のおかげで、すぐに生活が苦しくなるわけではないけれど、定収入はハルコのアルバイト代しかないのは間違いない。兄妹は家にあるお金を全部書き出して、今後の生活をどうしようかと相談した。

「おれたち、二十代だろ。万が一、このままの生活がずっと続いたとして、節約して暮らしても四十歳になったらアウトだぞ。日本の平均寿命からいって、それからあと四十年もあるじゃないか」

「そうだよね。家賃がいらないのは助かるけど、税金は払わなくちゃいけないし。きっと両親が残してくれたお金も、お給料のつもりで毎月使っていたら、あっという間になくなっちゃうよね」

　両親の残してくれた預金が、二人が楽しみにしていた旅行の資金だったと考えると、それを取り崩していくのは、悲しく心苦しいところがあった。兄妹がため息をつきながら電卓を叩《たた》いて試算をしていると、いつの間にかゴンがやってきて二人の間に座り、眉間《みけん》に皺《しわ》を寄せて一緒に数字が書かれた紙を見つめている。

「ゴンちゃん、わかる？　これから大変なんだよ」

ハルコが背中を撫でてやると、彼女の顔をぺろりと舐め、そしてまた眉間に皺を寄せて、

(どうしましょうかねえ)

という表情になった。

「おれも早く、仕事を見つけなくちゃいけないんだけど、うまくいかなくて。なあ、ゴンちゃん」

シュウイチに肩を抱かれたゴンは、彼の顔を見上げて、くーん、くーんと小さな声で鳴いた。

「ほら、ゴンちゃんも、がんばれっていってるよ」

ハルコがそういうと、ゴンは尻尾を振った。

「そうか、応援してくれてるのか。ありがとうな。こういうときにこそ、お兄ちゃんががんばらなくちゃな」

それまで背を丸めていた彼が、背伸びをすると、ゴンの眉間の皺が消えて、

「ワン」

と元気よく鳴いた。

「いっていることがみんなわかるんだな。十四年も一緒にいるんだものな」

シュウイチはゴンを抱き寄せてしみじみといった。

「そうよ、私はまだ七歳だったかな。ゴンちゃんは薄茶色で小さくてかわいくて、まるでぬいぐるみみたいだったもの」

「ゴンは病気もしないで元気がよかったな。自分の尻尾を追いかけてものすごい勢いでぐるぐる回ってたり、家族が嫌がるのに、みんなのお尻《しり》の匂いを嗅《か》いでまわったりして。おれが野球の練習をしていると、ボールを横取りされて大変だった。うろちょろするから、あぶなくてバットも振り回せないし。ボールを追いかけて溝にはまったこともあったな」

「そうそう。それもよりによって掃除をする前の、どっさりゴミと泥が溜《た》まったところに落ちちゃって。臭くてねえ。キャンキャン鳴くし、お風呂にいれるのに大騒ぎだったわ」

「おれたちがこんな歳になったんだから、ゴンも歳を取るはずだよな」

「でも、こんなことになるとは、想像もしてなかったよね」

ぼそっとハルコがつぶやくと、シュウイチは黙ってしまった。ゴンは心配そうに彼の顔を見ている。

「でも遅かれ早かれやってくることだからさ。仕方ないよ。どうしてこんなに悩むのかっていうと、やっぱりおれが仕事に就いてないからなんだよなあ」

彼はゴンの体を何度も何度も撫《な》でた。ハルコには、兄はそうしながら自分のどうしようもない気持ちを、落ち着かせているようにも見えた。

「就職は大切だけど、手っ取り早くお金が入るような仕事はしないでね。長続きするような仕事が見つかるといいね。私もちゃんと就職しなくちゃ」

「ハルコも無理するなよ。お前はこれから結婚して家を出ていくかもしれないんだから。問題はおれなんだよ」

ゴンは二人の間にはさまって、神妙な顔で話を聞いている。

「私が小学生でお兄ちゃんが中学生だったとき、ものすごく仲が悪かったじゃない。お母さんが『二人しかいない兄妹なのに、どうして仲よくできないの、そんなことでこれからいったいどうなるのっ』て叫んだりして」

「おれがハルコをグーで殴ったら、お前も大泣きしながら国語辞典を投げつけてきたり、おやじの靴を持って殴りかかってきたりしたんだっけ」

そのとき間に入ってきたのがゴンだった。兄妹の間を何度も行ったり来たりして吠《ほ》え続け、

（やめて、やめて）

と仲裁しているかのようだった。まだ体つきがぷりっぷりしていて、はちきれんばかりで、ジャンプしながら必死になっていた。自分たちでも感情の収めどころがわからなくなっていた兄妹は、さすがにゴンを殴るわけにもいかず、悪態をつきながら二人は分かれた。するとそこへまたゴンがやってきて、兄妹の顔をかわりばんこに舐《な》めて慰めてくれた。それを見た母親は、

「ほら、ゴンちゃんがいちばん立派じゃないの。あなたたちも見習いなさい」

と怒ったのだった。

「ゴンちゃんも、いろいろなことを見て来たねえ」

ハルコは笑いながらゴンのおでこに自分のおでこをすりつけた。ゴンは一瞬目をつぶり、うれしそうな顔をしながら尻尾を大きく振っている。

「イヌもイヌなりにうれしかったり、悲しかったり、これはまずいと思ったりするんだろうな」

　ゴンにとっても、兄妹の両親が次々に亡くなったのは、ショックな出来事だっただろう。家にいるシュウイチがふと目をやると、母親が座っていた椅子の前で、ゴンがじっとうずくまっていることがある。そのとき自分の目には見えないけれども、もしかしたら椅子には、母親が静かに座っているのかもしれないと思ったりする。両親も心配だろうな、おれがこんな調子じゃと、シュウイチは声に出さずにつぶやきながら、

「とにかく就活だなあ」

と自分に活をいれるように大きな声を出した。ハルコが少しでも時給のいい、夜の部に変わろうかといったが、それは兄として却下した。

「就活の合間に、おれは主夫をやるから」

　アルバイトでも、毎日、社員と同様に出勤している妹だけに負担をかけていられない。

「大丈夫？　掃除はともかく料理なんて、カップラーメンにお湯を入れるくらいしか、したことないじゃない」

「今までおれは甘えてた。これからは仕事も家事もできるようにがんばる」

　シュウイチはきっぱりといいきった。

「なっ」

ゴンは同意を求められて彼の目を見た。そして、

（そうですね）

といいたげに、元気よく尻尾《しっぽ》を振り続けていた。

それからシュウイチは、母親が亡くなってからハルコがしてくれていた朝食作りを手伝うようになった。そして洗濯もするから、出しておけなどという。まさかパンツを兄に干させるわけにはいかないので、ハルコがこまかいものは自分で洗うからというと、

「おお、わかった」

と家事に対してやる気満々なのである。ハルコは出がけに、なにか夕食に食いたいものはないかと聞かれた。特にないというと、彼はうーむと悩んでいる。

「大丈夫なのかしら。料理を作ったのなんて、見たこともないよ」

電車に乗りながらハルコは心配になった。

仕事が終わって家に帰ると、兄は庭の洗濯物を取り入れていた。

（ご苦労さまです）

といっているのか、彼の周りをゴンが、ぐるぐると歩き回っている。母親がしていた家事を兄がしているのを見て、あらためて彼女はここにはいないのだと、思い知ら

された。

「ただいま」

ハルコがそういったのと同時にゴンは走ってとびついてきた。

「おかえり。慣れないことをやったもんだから、洗濯物を干してたのを忘れちゃっててさ。ゴンが吠えて教えてくれたんだよ」

ハルコはそんなことまで教えたのかと、

「ゴンちゃん、偉いわねえ」

と両手で揉《も》むように頭を撫でてやると、

(う、うれしい……)

とまたお股《また》全開になった。家に入るとカレーの匂いが充満している。ふだんならば、いい匂いとうれしくなるのに、今日はちょっと困った。アルバイト先で出た昼食が、余り物を解凍したカレーだったのである。アルバイトは、注文がいまひとつなもの、余り物を消費するべく、食事としてあてがわれる。無料だし希望などいえないのだ。

ハルコが室内に放り込まれた洗濯物をたたんでいると、シュウイチはゴンの足の裏を洗ってやり、抱っこして部屋の中に連れてきた。ゴンは洗濯物にじゃれついて鼻先をつっこみ、シュウイチの靴下やパンツをくわえてふっとばしたり、前足で洗濯物の

山をかきわけたりするので、ハルコが、

「邪魔しないであっちにいってなさい」

と叱らないと、作業がはかどらない。そういわれてもゴンは、まったく気にせず、叱られながらも洗濯物にじゃれついていた。

兄妹《きょうだい》の食卓に並んだのは、市販のカレールーを使ったチキンカレーと、レタスとトマトのサラダだった。

「これくらいしかできないからさあ。最初だから勘弁してくれよ」

照れながらシュウイチは皿にカレーを盛りつけてくれた。アルバイト先で食べたチーズ入りのカレーが濃厚で、いまだにカレーのゲップが出てきそうな状態だったが、ハルコはそれをぐっと胃に押し戻し、にっこり笑いながらひと口食べた。

「おいしい。はじめてにしてはよくできてるよ」

味自体はまったく問題がないので、ハルコが褒めると兄は、

「そうか、よかったあ」

とほっとした顔になって、自分もひと口食べて、

「うん、うまい」

とうなずいた。足元に座っているゴンは、カレーに興味津々で、立ち上がって皿を

のぞきこもうとするのを、シュウイチに止められた。

「ゴンは自分の御飯があるでしょ。あ、もう、ないんだ」

ゴンの御飯の器が空になったのを見て、シュウイチは中座して、食器棚の下に置いてある、ゴンの餌を取り出して器に入れてやっていた。ハルコは心なしか兄の物言いが優しくなってきたような気がした。

それからシュウイチは、学生時代の友人にも声をかけて就職先について相談するようになった。それまでは自分が解雇されたのを知られたくなかったので、彼らには黙っていたのだ。解雇されたのを知られないまま、密《ひそ》かに新しい会社に就職し、転職したといおうとしていた。しかし求人情報をあれこれ調べても、これまでいい結果が出なかったので、素直に友人の力も借りようと、気持ちを切り替えるようになっていった。彼の友人たちは葬儀には参列したので、両親が相次いで亡くなったのは知っていたが、シュウイチが解雇されたことは知らなかったので、みな一様に驚き、周囲の人たちに聞いてみるといってくれた。

「ゴンちゃんも、お兄ちゃんを応援してあげて」

ハルコがささやくと、頼まれたのがわかったのか、ゴンはくりっとした目を見開いて、よっこいしょと座り直し、

（まかせてください）

といっているかのようだった。

「といっても、なにをしてくれるのかな」

そうたずねられたゴンが、困った顔をして小首をかしげたので、兄妹は大笑いした。

夕食が終わると、ハルコが皿洗いをして後始末をした。シュウイチは就職情報誌を左手に持って寝転び、右手でゴンを抱えている。ゴンはいい感じで眠くなっているようだ。

「難しいな。おいしいことはいっぱい書いてあるけどな」

小さくため息をついて、彼は畳の上に雑誌を置いた。友だちからは連絡待ちだという。

「見つかればいいね」

ハルコがそういうと、眠そうだったゴンがシュウイチのほうを見て、優しい目をして尻尾を振った。

ゴンは人間の年齢に換算すれば八十歳くらいで、亡くなった両親よりもずっと年上だ。ハルコもゴンのそばにいって、体を撫《な》でてやった。兄妹に両側からいい子いい子をしてもらって、うれしくてゴンはうっとりしている。

「ゴンはおじいちゃんみたいでもあり、末っ子みたいでもあるな」

シュウイチはつぶやいた。ゴンは立ち上がってぶるるっと体を揺すった後、ちょっとよろめいた。昔はぱんぱんに張り切っていたお尻《しり》に、くるりっと見事に巻いた尻尾がのっかっていたが、今はお尻も尻尾もしぼんで、しょぼくれている。口の周りや脇には白くなった毛が目立つようにもなった。

「ゴン、長生きしてくれよ。頼むよ」

シュウイチは頭を撫で続けた。

「ほんと、お願いよ」

二人から声をかけられたゴンは、精一杯、きりっとした姿でお座りをしながら、

（わかりましたっ）

とでもいっているのか、いつになく勢いよく尻尾を振り続けていた。

ゴンにだって辛《つら》いことはあるはずなのに、自分たちが彼を慰める以上に、彼に慰められている。表情も豊かで、こちらがいうことにちゃんと反応して、気持ちを返してくれる。加齢臭はあるものの、それすら愛《いと》おしい。これからはゴンをおじいちゃんを労《いたわ》るように、弟をかわいがるように、三人で仲よく暮らしていこう。兄妹はお互いに口には出さなかったが、ゴンが自分たちの気持ちをひとつにしてくれる、大切な存在

なのだと、あらためてわかったのだった。

しっぽちゃんが欲しい！

「みっともないから、やめてちょうだいっていってるでしょ。何度いってもやめないんだから」

一緒に出かけると妻は冷たい目をしてそういう。そしてその隣で、妻そっくりの顔立ちの小学校六年生の息子マサキも、彼女と同じ目をしてこちらを見ている。二人にそんな態度をとられると、

「う……ん」

と言葉を濁しながら、その場をごまかすしかないのである。

こんな父とは一緒に歩きたくないと思っているのか、二人は足早に歩いていく。そしてショッピングセンターのレストラン街の入口の前に立って、

「何やってるの、遅いわね」

と妻がすかさずまた文句をいう。それを聞いた息子も、

「早くしなよ」

といらついたような口調になる。

（お前たちが勝手に、先に歩いていったからじゃないか）

といいたいが、それをぐっとこらえる。妻と息子の仕打ちに反抗もしないで、

「何を食べたいんだ」

とたずねると、二人は仏頂面から一転して満面に笑みを浮かべ、イタリアンがいいだの、中華がいいだのと口々にいいはじめる。そのときのうれしそうな顔といったらない。そのうれしそうな顔を、父、夫である自分との会話のときにも見せたらどうだといいたくなるが、それをいっても無駄だとわかっている。食事の選択権は自分にはない。妻と息子の食べたい物におつきあいして、代金を支払うのが役目なのだ。

昼食は中華のおすすめ豪華ランチに決定した。エビチリ、麻婆豆腐、エビとセロリの炒《いた》め物、牛肉とキノコの煮物、ほんのひと口のフカヒレ煮、スープ、チャーハン、デザートに杏仁豆腐《あんにんどうふ》がついているというやつだ。いちばん奥の席に案内された妻は、

「ほらね、着ている服がいいと、いい席に案内されるのよ」

と自慢げに息子にいっている。

「ふーん、そうなの？」

「ほら、あそこを見てごらん。うちと同じような家族がいるけど、あの人たちは着ている服がしょぼいじゃない。お父さんはジャージー姿だし、お母さんと男の子だってあんな安っぽいTシャツだし。出かけるような格好じゃないわ。まるで寝巻みたい」

「ふーん」

息子が他人様《ひとさま》の服装について、関心を持たなかったのは幸いだ。

すぐにランチが運ばれてきた。二人はわあっと声をあげて急いで箸《はし》を取って食べはじめた。妻は大げさに身をよじり、

「あーん、おいし〜い」

と身もだえした。それを見て息子は、

「何だよー、それー」

といいながら笑っている。妻のそんな仕草に騙《だま》されて結婚してしまった自分を思い出し、腹の中でため息をついた。今ならば、ふんっと鼻にもかけないのに、彼女が自分より二年後輩の二十二歳で入社してきたのを見て、服装も華やかで女性らしくてかわいいと勘違いしてしまったのが運の尽きだった。

自分のような内向的な性格には、妻のように華やかで社交的なタイプがまぶしく見

えて、人生たった一度の大決断とプロポーズしてしまったが、自分が社会で揉《も》まれて、人との付き合いも支障なくできるようになると、妻のかつてのまぶしさは、結婚後、鬱陶《うっとう》しさに変わっていった。しかしそれもまた仕方がないとあきらめている。彼女はそれなりに仕事もできたのに、結婚と同時に勤めをやめ、それからずっと家庭を守ってくれているのには感謝をしている。まだ若いうちに一戸建てを手に入れられたのも、彼女の家計管理の能力が高かったからだろう。

息子にも恵まれた。顔立ち、性格、体形、すべて妻にそっくりで、本当に自分の子供だろうかと思うこともあるが、中学受験の進学塾での成績が落ちたり、英会話の塾で外国人の教師から質問されて、もごもごと口ごもっていたりすると、妻から、こんなところは、パパに似なくていいと叱られているようだ。もちろん自分は家庭内のランクは最下位だ。妻は電気関係にも強く、配線やインターネット関係にもとても詳しい。自分は家で何か配線のトラブルが起こっても何もできない。それを見た息子からは、頼りにならない父と烙印《らくいん》を押されたのである。

自分の目の前で、箸を一度も手から離さない二人を見ながら、さっき妻から、「みっともない」といわれた行為を思い出していた。家族三人で歩いていたら、向こうからミニチュア・ダックスフントを三匹連れた、夫婦らしき男女が歩いてきた。そのイ

ヌたちを見たとたん、家族がいるのも忘れて走り寄り、しゃがみ込んで、

「よーしよしよし」

と「ムツゴロウ」スタイルで三匹を抱え、頭を撫《な》でまくってしまった。そしてふと気がついたら、妻と息子にまったく同じ目つきで、にらまれていたのであった。

自分が一戸建てに住めるようになったら、イヌを飼いたいと、ずっと考えていた。両親もイヌ好きで、物心ついた頃からイヌは何匹も家にいた。雑種、マルチーズ、柴犬《しばいぬ》、ポメラニアンなど、学生時代は実家に帰省すると、両親よりも飼い犬たちに会うのが楽しみだったし、会社に勤めてからもそうだった。ところが妻は動物が大嫌いなのである。付き合った当初、吐き捨てるようにいわれて、あまりにびっくりして、そのときは理由を聞かなかった。結婚後にもう一度、どうしてかとたずねたら、彼女は「くさい」「世話が面倒」「お金がかかる」「ガーデニングの敵」と続けざまにいい放った。自分が好きなものを、彼女にも好きになって欲しいから、イヌやネコや、他の動物たちがどんなにかわいいかと語っても、

「ふーん」

と全く興味を示さない。そしてあげくの果ては、

「それなら、イヌと結婚すればよかったじゃないの」

などと小馬鹿にした。その態度には腹が立って、

「そんなことをいうのなら、生まれた子の名前を、イヌ子かイヌ夫にしてやるぞ」

と精一杯、勇気を出していい放ったら、妊娠八か月の妻は飛びかかってきて、本気で首を絞められた。子供が生まれたらこちら側に巻き込んで、イヌを飼おうと計画していたが、あいにく妻そっくりの性格だったため、イヌやネコを見ると嫌い、怖いと泣く始末で、一戸建てで家族とイヌと暮らす夢は無惨にも崩れ去ったのだった。

それからイヌの姿を見ると、目が離せなくなってしまった。写真でも思わず足を止めてしまう。あるとき商談で先方の会社の最寄り駅で降りると、殺処分される動物たちを救おうと、駅前で保護団体の人々がパネルを展示していた。それを見ていたらあまりにかわいそうで、また何もしてやれない自分が悔しくて、ふと気がつくと涙がだーっと流れていた。少ない小遣いのなかからカンパをして、急いで先方の会社に向かうと、商談の相手から、

「何かあったんですか」

と心配そうにたずねられた。びっくりして壁の鏡を見たら、涙の跡が何筋もくっきりと顔面に残っていて、とても恥ずかしい思いをした。実は……と正直に話すと、偶然、彼もイヌ好きで、

「本当にね、ひどい話でね。うちにもイヌが二匹いるんですけど、あんなかわいいものを捨てるなんて信じられないですよね！」

とイヌ話で盛り上がり、そのせいかどうかわからないが、商談が無事まとまって、上司から褒められたこともあった。

平日の通勤時間帯や会社の周辺では、散歩をしているイヌの姿を見ることはほとんどないが、休日はうちの近所を歩けば出会い放題。ショッピングセンターでも小型犬を連れている人がたくさんいる。飼い主に許可を得て、頭を撫でさせてもらうと、喜んで飛びついてきてくれる。小躍りしながらぺろぺろと顔中を舐《な》めてくれたり、尻尾《しっぽ》が尻《しり》からちぎれるかと思うほど振りまくり、自分の足元にころりと仰向《あおむ》けになって、手足をばたばたさせる子もいる。

「こらこら、ご迷惑だからやめなさい」

と恐縮する飼い主には、

「いえ、迷惑なんてとんでもない」

とイヌの体を撫で回してやる。

「抱っこしてやってください」

といってもらえると、遠慮なく抱かせてもらう。体温、毛並み、匂い。これ、これなんだ！　とうっとりする。

「いい子だねえ」

頬ずりすると、イヌは鼻をぐふぐふいわせながら、大喜びしている。ずっとこうしていたいが、そうもできないので、ほどほどで切り上げて、

「ありがとうございました」

と御礼をいって別れる。飼い主が前を向いて歩きはじめたのに、何度も自分を振り返ってくれるイヌ。

（さよなら……）

手を振ると、イヌも尻尾を振ってくれる。抱っこできた喜びと別れるときの残念さの落差が激しいけれど、イヌを抱っこできた喜びのほうがはるかに勝るので、三日くらいはテンションが上がっている。タバコは吸わず、酒は付き合い程度。浮気の経験もないしギャンブルもしない。イヌを飼うなんて、それらの事柄にのめり込むのを考えたら、本当に罪がないと思うのに、家族は許してくれないのだ。

さっきのミニチュア・ダックスフントたちの手触りや体温、匂いを思い出してにんまりしている一方で、妻と息子は来年の中学受験の話をしている。

「今度は絶対、失敗しちゃだめよ。高校入試はないんだから」

妻は唇を油でぬめらせながら、息子にいい聞かせている。

「わかってるよ」

息子はうつむいたまま、チャーハンをかき込んでいる。

「本当にわかってるの？　この間の模試の国語。また点数が下がってたわね。書き取りがだめだわね。『貧』や『暖』の横棒が一本足りない、つまんない間違いばかり」

「そんなちっちゃいことで、全部、点数が引かれちゃうんだもん」

「入試のときはね、そんなちっちゃいことが、大事になってくるのよ。一点足りなくたって、合格にはならないんだから」

「でも一点くらいだったら、補欠にはなれるでしょ」

「補欠じゃなくて確実に入らなくちゃだめ。あなたの受ける学校は最難関校なんだから、合格した人はみんな入学するの」

「でも補欠がいるっていうことは、合格しても入らない人がいるんでしょ」

「絶対いないとはいいきれないけど……」

「どういう人？」

「うーん、たとえば急にお金がなくなっちゃって、学費が払えないとか、かわいそうだけど本人が亡くなっちゃったとか……」

「貧乏になるか、死んじゃった人がいたら、入れるのか」

息子はうなずいている。

（他人様《ひとさま》が不幸になるのをあてにするな）

呆《あき》れながら自分も黙々と杏仁豆腐《あんにんどうふ》を食べた。実は息子はその有名校の小学校の受験に失敗していて、妻は最後のチャンスである中学入試に賭《か》けているのだ。

「あなた、いつまでもたもた食べてるの。マサキは勉強しなくちゃいけないから、家に帰りましょ」

妻の声に杏仁豆腐を喉《のど》に押し込み、二人が出て行く後について、会計を済ませた。

歩いて十分ほどの場所にある家は、近所の家に比べてやや大きく、庭木が植えられ、四季折々に花が絶えない。妻の趣味のガーデニングの賜物である。自分の部屋はまるで門番のように玄関の横に造られていて、日当たりが悪い。暴漢が入ってきたら、あなたがやられているうちに、私たちが逃げると妻にはいわれている。何があっても家族は救いにはいかないぞといい渡されたのである。だから、イヌを飼えば防犯になると訴えてみたが、即座に却下された。妻と息子の部屋は二階の日当たりのいい場所にあり、自分が上がっていくといい顔をしない。まるで邪魔者がきたかのような扱いなのだ。

息子がコーヒーを飲みたいというので、妻が三人分を淹《い》れて持ってきた。一緒に飲むのかと思ったら、彼は勉強があるからと、二階に上がっていった。息子が希望しているのならともかく、小学生の頃から勉強や試験を無理強いするのはいかがなものかと、控えめに妻に意見を申し上げたら、

「マサキにあなたみたいな人生を歩ませたくないから頑張ってるの。あなたもマサキに自分みたいになって欲しくないでしょ」

といわれた。確かに妻を選ぶときには、自分よりも慎重になって欲しいとは思うが、イヌを飼えない以外は、自分のこれまでの人生はそう悪くはなかった。しかし妻に強くそういわれると、そうなのかなあと考えたりする。

「本人の好きなように、やらせたらいいさ」

「好きなようにやらせたら、いったいどうなると思ってるの。子供は調教しなくちゃだめなのよ」

と目をつり上げる。

「マサキはきみに似ているんだから、頑張ってくれるだろう」

よいしょも込めてそういったら、妻は片方のほっぺただけをゆるめて、ちょっとだけ笑いながら、

「まだまだね。男のくせにチャレンジする意欲に欠けてるのよ」

といいきった。そういえば息子が生まれる前までは、妻にお尻を叩《たた》かれっぱなしだった。同じ会社だったので、個人の実績がボーナスの査定の重要なポイントになっているのもよく知っていた。自分も調教されて稼がされ、息子が生まれて一戸建てを購入したら、調教の対象は息子に移った。なので自分はいい意味では解放され、悪い意味では相手にされなくなったわけなのだ。

これまで頑張ってきたのだから、せめてご褒美にイヌくらい飼わせてくれてもいいのに、妻は絶対に首を縦に振らない。どうしてなんだといっても、同じ理由を繰り返すだけだ。息子の前で、

「そろそろイヌを飼ってもいいんじゃないかなあ」

とつぶやいてみたら、彼は妻と同じ冷たい目つきになって、口をゆがめた。

「最後までちゃんと面倒みられるの？　絶対に無理に決まってるよ」

イヌが飼いたいとねだった子供に対して、親がいうセリフだった。

子イヌを家に連れてくる強攻策に出ようとしたこともあるけれど、踏みとどまった。かわいい子イヌを見たら、誰でも心をぎゅっとつかまれて、へなへなっと態度が軟化すると考えるのは動物好きだからで、そうではない人間にとっては、かわいい子イヌ

でさえ、ただの邪魔者でしかない。だからあれだけのイヌやネコたちが毎年、殺処分されている。子イヌや老犬が多いらしいが、生まれたばかりのかわいい子イヌにも、長く人生を共にしたイヌにも愛情を持てない人間がいる。もしかしたら妻はそういうタイプではなかろうかと危惧《きぐ》している。もしも子イヌを連れて帰ったとして、絶対に自分の考えを曲げない妻が、自分のいない間に保健所に連れていったら、いったい自分はどうしたらいいのだろう。

「あいつなら、やりかねない」

妻はそう感じさせる人間なのだ。なので強攻策に走ることもできず、道で出会ったイヌたちをかわいがるしかない。それをまた妻と息子は、気持ちが悪いと顔をしかめるのだ。

会社の動物好きの後輩に相談したら、

「動物嫌いの人はいるからなあ。それはしょうがないですよね。あるきっかけで大好きになる人もいるけれど、話を聞くと奥さんは相当、無理そうですね」

という。あまりに自分が落胆しているので、気の毒に思ったのか、彼は、

「よかったらうちに来ませんか？　欲求不満が解消できるかもしれないから」

と誘ってくれた。ついこの間、子イヌをもらってきたので、イヌは全部で五匹いる

という。ネコは飼っているのが二匹で、出入りしているのが六匹もいるらしい。

「ほ、本当か？　いっていいの？　そうか、じゃあ、お邪魔させてもらおうか」

まるで自分の尻《しり》から尻尾《しっぽ》が生えて、ぶんぶんと振っているような気分で、仕事が早く終わった日に彼の家に寄らせてもらった。妻は自分が遅く帰るのは大歓迎なので、携帯で遅くなると連絡したら、

「はい、はーい」

と上機嫌だった。

会社から一時間以上電車に乗りながら、彼は、

「イヌやネコのために引っ越したようなものですよ。マンションだとやっぱりかわいそうなのでね」

という。うらやましい。彼の家に到着し、家のドアが開いたとたん、そこにあった光景は、自分にとってはまるで天国だった。ラブラドール・レトリバー、雑種、チワワ、フレンチブルドッグがずらりと玄関に勢揃いして出迎え、小学生の娘さんがラブラドールの子イヌを抱きながら、にこにこして立っていた。

「うひゃあああ」

世帯主の彼を押しのけるようにして家の中に入ると、イヌたちは「熱烈歓迎！　熱

烈歓迎！」と尻尾を振りまくりながら、飛びついてきた。

「わあああ」

ラブラドールとは熱い抱擁をかわし、他のイヌたちとは、かわりばんこに抱っこをして頬ずりをして、仰向けになって完全服従状態になっている雑種には、お腹を何度もさすってあげた。奥から出てきた見るからに善良そうな、化粧っ気のない奥さんは、イヌまみれのこちらの姿を見て、

「あら、たいへん」

と笑っている。晩御飯もご馳走《ちそう》してくれるというので、食卓に向かうとイヌたちが自分の顔を見上げながら、ついてきてくれる。ああ、こんな幸せなことってあるだろうか。

「すみません。子供中心なのでハンバーグなんです」

変に気を遣っていないところがすばらしい。うちの妻は手作りの料理をふるまうとなると、ふだんはそんなふうにしないのに、洋食用の大皿を二枚重ねにしたり、いろいろな大きさのフォークやナイフをごっちゃりと並べて、なんだかややこしい。ハンバーグを箸《はし》で食べるのが気楽でいいのである。その間もイヌたちはお利口さんで、ちゃんと並んで待っている。大きいのやら小さいのやら、それぞれちょっと小首をかし

げて待っているのが、本当に愛らしい。

食後、もらってきたばかりのラブラドールの子イヌを抱かせてもらった。顔を近づけるとばふばふと息をしている音が聞こえ、温かい小さな体から鼓動が響いてくる。その子イヌを先輩のイヌたちが、温かく優しく見守っているのがまた麗しい。あまりに感動して泣きそうになった。ソファに座って雑談していると、ドアの隙間から、茶色と白のぶちネコが二匹、顔を出した。近所の川っぷちに捨てられていたのを、ラブラドールが散歩のときに見つけて、ワンワン吠《ほ》えて教えたという。

「みんなお利口さんでかわいいなあ。こっちにおいで」

そういったとたん、イヌたちはわーっと飛びついてきて、また「熱烈歓迎」の再現になった。イヌに押し倒されるなんて、なんて感動的なのだろう。

「写真撮って、写真」

あわてて後輩に携帯を渡して、たくさん写真を撮ってもらった。イヌもネコも一匹ずつと、自分と一緒に遊んでいる写真と。それを見ながら、

「こんなに幸せな日がくるとは思わなかった。誘ってくれて本当にありがとう」

と後輩に心から礼をいうと、善良な家族はみな笑いながら、

「いつでも遊びに来てください。いつもこんな調子なので」

といってくれた。

体中がほんわかと温かくなった気持ちで、電車に揺られて帰ると、すでに時刻は十一時をまわっていた。門番部屋に入ろうとすると、顔にパック用の白い紙をのせた妻が出てきて、

「遅かったわね」

と低い声でいった。遅いと喜ぶのに遅すぎると怒るのである。

「ほら、見て」

部屋のベッドに座ってネクタイをゆるめながら、妻に携帯を渡して画像を見せた。

「後輩の家なんだ。イヌが五匹とネコが二匹いて、みんなお利口で、とってもかわいいんだ」

妻はボタンを押して、次々に画像を見ていたが、

「ふん」

とつまらなそうに、携帯をベッドの上に放り投げた。

「この子イヌ、かわいいだろ。ばふばふっていいながら寝るんだよ」

妻の母性本能をくすぐるであろう画像を選んで、もう一度見せても、

「ふーん」

というだけ。

「イヌ、飼っちゃだめ？」

小声でなるべくお茶目な感じで聞いてみた。

「だ！　め！　だめっていったらだめ！」

顔面の白い紙を手で押さえながら、きっぱりといわれた。

「どうしても？」

「うるさいわね！　何度同じことをいわせるの！　だめっていったらだめなのよ！」

妻は憤然として部屋を出ていった。

ベッドに寝転びながら、何度も画像を見直した。世の中にはなんて幸せな一家がいるんだろう。うらやましいと思っているうちに、そのまま寝てしまった。その夜、自分がイヌになり、妻の足を思いっきり嚙《か》みまくっている夢を見た。それを見ている自分がいて、

「大丈夫か」

といちおう声をかけるものの、内心、喜んでいる。もっとやれ、もっとやれと、イヌになった自分に心の中でけしかけているうちに目が覚めた。いつになく目覚めが爽《さわ》やかだった。自分は家庭内でいちばんランクが下だから、手下が欲しいわけではない。

心を開いてなんでも話せる、つぶらな瞳《ひとみ》の家族が欲しいだけなのだ。

ここでイヌを飼うのは絶望的だが自分には別宅ができた。あの家に行けば、かわいいイヌたちが無条件で自分に飛びついてきてくれて、おまけにネコとも遊べる。また遊びに行くまでは、昨日の画像を見て喜びを反芻《はんすう》しよう。神様のように思える後輩に感謝しながら、再び三度《みたび》携帯の画像を見直し、イヌたちの毛をかきわけて鼻を押しつけたときの、もしょもしょっとした感覚を思い出しては、朝の幸せなひとときに浸っていた。

リクガメのはるみちゃん

私の家族は動物が大好きだ。特に母は子供の頃から、動物園の飼育係になるのが夢だったが、願いかなわず一般企業に就職し、親友の紹介で父と結婚した。学生時代は男性の好みにうるさく、頭がよくて背が高くて顔がよくないとだめといっていたらしい。ところが母が短大生のとき、家に遊びに来た美男の彼が、自分に向かって吠《ほ》えたと怒り、かわいい飼い犬の頭を殴ったのを見て、いくら外見がよくてもこんな人はいやだと幻滅してすぐに別れた。そのとき彼は、

「もともとお前みたいな女、好きじゃなかった」

と捨て台詞《ぜりふ》を吐いたというのであった。

私はその話を八年ほど前の大学生のとき、台所で洗い物を手伝いながら聞かされた。母はまるで昨日、彼と別れたかのように話し、だんだん怒りが蘇《よみがえ》ってきたのか、

「本当にあの男、最低だったわっ。かわいいうちのクロちゃんの頭を、ちょこっと触るんじゃなくて、拳骨《げんこつ》で力一杯殴ったのよ。ひどいでしょ」

と涙目になったくらいだった。そんな経緯があり、結婚相手に選んだ父は、身長は一六〇センチの母と同じくらいで、顔もいまひとつ。全体的に四角い。あだ名はずーっと「カニ」だった。最初に引き合わされたときに、

（えっ、この人？）

と少し引いたものの、父も動物が大好きで、性格が善良なので、そこに惹《ひ》かれて結婚した。

その後、両親は大きな揉《も》め事《ごと》もなく、平凡に暮らしていた。私は一人っ子で、きょうだいがわりの動物が、生まれたときから何匹もいた。赤ん坊の私がイヌやネコに囲まれて写っている写真も数多く残っている。当時は妊娠中に動物を飼っていると、お腹の子供に障るといわれたりして、母も注意されたらしいが、一緒に暮らしているのに手放せないといって、拾ったイヌのリキとネコのミーコ、その他庭にやってくる野良ネコたちの面倒を見ていた。こうしていれば、生まれてくる子もきっと動物が好きになると夫婦は話をしていて、結果、私も大の動物好きになったのだ。

幼稚園の年少のとき、クッキーを盗み食いしたのを母に叱られて、庭で大泣きして

いたらリキがやってきて、ほっぺたをぺろぺろと舐《な》めてくれたのを覚えている。そのときミーコは室内からじーっとこちらを見ていた。私がリキの首に抱きついて、母に対する恨みつらみをいっていると、リキは尻尾《しっぽ》を振りながら、まるで、

「うんうん」

とうなずいているかのようにして、そこにずっといてくれた。ひとしきり泣き、文句をいったら気分も晴れてきて、リキと一緒に庭で遊んだり、家に入ってミーコがすり寄ってきたので、またミーコとも遊んでいたら、そのうちに忘れてしまった。

生まれたときからいたきょうだいたちだったが、リキもミーコも高校一年生の夏に続けざまに亡くなったときは、家族全員がどーんと落ち込み、家の中は真っ暗になった。父方の祖父が亡くなったときよりも悲しかった。特に父の落胆はひどく、食事をしていても突然、思い出すのか、ふと横を見ると涙をひとすじ流しながら、御飯を食べていた。それを見た母が、

「仕方がないわよ。寿命はどうしようもないんだから。亡くなったときに、笑っているみたいなあんなにかわいい顔をしていたじゃないの。きっとあの子たちも喜んでくれていたと思うわよ」

と慰めているうちに、自分も涙を流しはじめた。反抗期でもあり、ここで私が泣い

たら両親に負けたような気がすると、泣くまいとがんばっていたが、勝手に私の目からも涙が流れてきて、結局、食卓を囲んだ家族三人は涙を流し、しゃくりあげながら晩御飯を食べるはめになった。

　しかし不思議なもので、リキやミーコが亡くなってしばらくすると、庭にお腹の大きなメスネコがやってきて、うちで出産して一気にゼロから四匹になったり、鮨《すし》店のお兄さんが、途中で拾ったといって、鮨と一緒に子イヌも出前してくれたりして、人数が増えていった。ペットショップで買うわけではないのに、イヌやネコが家にいないときはなかったのである。

　そして私が二十八歳になった現在、管轄といっても名ばかりだが、母管轄の兄弟の雑種ネコ、八歳の桃太郎、金太郎の二匹、父管轄の姉妹の五歳のシーズー犬、マリーとメリーの二匹がうちにいる。ネコもイヌも里親探しをしている知り合いの仲介で、家にやってきた子たちである。みんな私に対してもフレンドリーに接してくれるが、私管轄の子はいない。それがつまらない。母に相談すると、

「飼うのはかまわないけど、一緒にいてこの子たちと問題が起きない子じゃないと、困るわねえ」

　という。鳥もかわいいけれど、ネコがいるので心配だし、フェレットやウサギもイ

ヌ、ネコとどう折り合えるのか自信がない。
「うちで飼えばみんな仲よくできると思うけどね」

平和主義者の父はのんきに構えているが、日中、一人で家にいる母は、イヌ、ネコに囲まれてうれしい反面、あれこれ大変なのも事実なのだ。

「わかった。よく考えてみる」

あれこれ考えた結果、私の管轄はカメにした。以前、動物病院にいったときに、隣に座っていた小学校の低学年くらいの男の子が、ミドリガメを持ってきていた。話を聞いたら、

「ちょっと具合が悪いみたいなんです」

としょげていた。本当は三匹いたけれど、庭の石の上で日光浴をさせていたら、二匹が脱走してしまい、この一匹になってしまった。その子が具合が悪くなったというので、彼はため息ばかりついていた。あらためてミドリガメを見ると、とてもかわいい顔をしている。ぱくっと口を開けていても、目が半開きになっていてもかわいい。

「元気になるといいね」

その言葉に男の子はうなずいていたが、診察の結果、たいしたことはないと聞いて、ほっとした様子だった。それをふと思い出したのである。

カメを飼うと宣言した私に、父は、

「カメかあ。それは気がつかなかったなあ。めでたいからいいんじゃないか」

と笑っている。母も異存はないようだ。

「とにかくお店にいって聞いてくるわ」

うちではははじめて、お金を出して飼う生き物なので、緊張しつつ車で大きなペットショップに向かった。ケージのなかのかわいい仔《こ》ネコ、子イヌたちに目を奪われつつ、若い男性の店員さんに、

「カメを飼いたいんですが」

と声をかけると、彼は、

「はいっ、どうぞこちらへ」

と元気よく返事をして、カメコーナーに連れていってくれた。そこには五百円ほどで、かわいい子ガメがたくさん売られている。ちっこい甲羅で、手足をぱたぱたさせていて、まるでおもちゃのようだ。

「どういったカメがよろしいですか」

「あのう、うちには他にもイヌとネコがいて、日中は母が世話をするので、なるべく手がかからない種類がいいのですが……」

ないですね」

「水の中にいる種類だと、慣れないと世話が大変なので、避けたほうがいいかもしれ
　彼はうなずいている。

「そんなに大変なんですか」

「浄化する器具もありますけど、どうしても臭いがしたりしますから」

　彼に相談した結果、飼うのはリクガメに決めた。リクガメのなかでも乾燥系と湿地系があり、湿地系のカメは、常にカメのおうちをじめっとさせていなくてはならない。

　夏場は虫がわいたりもするらしい。

「リクガメの乾燥系でお願いします！」

「はいっ、わかりました」

　にっこり笑った彼が勧めてくれたのは、ヘルマンリクガメだった。リクガメはカメなのに泳げないと知って驚いた。カメは全員、水陸両用だと思っていたからである。

　また最初は小さくても飼っているうちにずんずん大きくなって、五〇センチにもなるカメもいるという。

「この子もね、大きくなったからって、返品されたんですよ。渡すときに念を押したんですけどね」

彼はちょっと顔を曇らせた。この子といわれたカメは、大きくて迫力があった。彼のおうちには、

「ケヅメリクガメ　名前はジョニーくんだよ」

と書いたプレートがつけてあった。返品なんかされてかわいそうにと見ていたが、当のジョニーくんは、わしわしと青梗菜《チンゲンサイ》を食べて、自分のこれまでの人生については悩んでいないようであった。

「ヘルマンリクガメは、成長しても甲羅の大きさが二〇センチくらいなんです。草食ですが小松菜、にんじん、モロヘイヤ、ほうれん草以外の緑黄色野菜をあげてください」

これはうれしい。

「いいですねえ。そのヘルマンリクガメにします」

そういったとたん、彼の顔はきりりっと厳しくなり、

「なかには三十年くらい生きる子もいますが、大丈夫ですか?」

とじっと私の顔を見つめた。生半可な気持ちで飼うのなら、大事なカメは売らないぞという、強い意識が感じられた。

「さ、三十年ですか」

あわてて頭の中で計算した。うちは父は五十五歳、母は五十一歳である。三十年後、両親は微妙だが、自分はまだなんとかカメの面倒を見られそうだ。

「大丈夫です。私が責任を持って最後まで面倒を見ます」

きっぱりといいきると、彼は当初の笑い顔になって、

「わかりました。それではいろいろな装置が必要なのでご案内します」

とカメに適した水槽や、中に敷くウッドチップ、ライトを見せてくれた。ライトも保温用だけではなく、紫外線のライトも必要で、私にとっては知らないことばかりだった。

かわいいヘルマンリクガメの子ガメと、必要な装置一式を車に積み、私は鼻歌まじりで車を飛ばした。何という名前にしようか、もしかしたら車に酔ってはいないかと、うれしくなったり心配したりしながら、家に到着した。

両親も興味津々で、

「どんなカメにしたの？」

とのぞきこんだ。子ガメを手の上にのせたとたん、二人とも、

「あー、かわいいー」

と同時に声をあげ、指先で甲羅を撫《な》でた。

「カメってイヌやネコみたいに、体を撫でてもらってうれしいのかしら」

母が首をかしげた。

「甲羅は固いからなあ。触ってもらってわかるんだろうか」

「わかるでしょう。そうじゃないと甲羅の上に危険な動物がのっかっても、わからないじゃない」

「ああ、そうか。いちおうはわかるんだろうなあ」

二人は四方八方から子ガメを眺め、かわいいを連発している。そこへ父管轄のマリーとメリーがやってきた。ふんふんと匂いをかいでいたが、興味がないのかいってしまった。次に母管轄のネコの桃太郎と金太郎がやってきた。匂いをかいだあと、前足を出して触ろうとしたが、すーっとひっこめてしまった。兄弟、姉妹もいちおうやってきたものの、興味丸出しというわけではなく、淡々としていた。

私の管轄ではあるが、部屋に水槽を置くと、日中、母が私の部屋に出入りしてプライバシーが保てなくなる可能性があるので、リビングの高さ一メートルほどのキャビネットの上を設置場所にした。

「へえ、保温用と紫外線のライトがいるの？」

イヌネコと違う新人の登場に、兄弟、姉妹とは対照的に両親は興味津々である。水槽の中にウッドチップを敷き、子ガメを中に入れてやると、ぱたぱたぱたっと手足を動かして走り回っている。

「全然、のろまじゃないなあ。速いじゃないか」

父は感心している。

「元気がよくてかわいいわねえ」

母はぱちぱちと拍手までしている。そんな両親を見た、管轄下の兄弟姉妹は、

「何だ、何だ、いったい何が面白いんだ」

と急に足元を行ったり来たりして落ち着かない。特に姉妹のほうは父の関心が自分たちではないものに向かっているのに気づいて、キャンキャン吠《ほ》えはじめた。

「ほら、見てごらん、新しいお友だちだよ。仲よくしてね」

父はマリーを抱いて、水槽の中をのぞかせようとしたが、マリーは下ろしてと体をゆすって嫌がり、再び吠え続けた。

「わかった。わかったから、もううるさく鳴かないの」

父がしゃがみこんで姉妹の頭を撫でてやると、二匹は交互に彼に飛びつき、じゃれついた。一方、母管轄の兄弟のほうは、しばらくうろついていたが、自分たちに得なことがないとわかると、さっさと日当たりのいい場所に移動して寝はじめた。

カメの名前は「はるみちゃん」にした。どことなくぽーっとしていて、春の暖かい日光にあたっているような雰囲気が漂っていたからだ。

「ライトがあるけど、日光浴をさせたほうがいいみたい。それと三十五度から四十度くらいのお風呂《ふろ》にも入れてやったほうがいいんだって。汚れを取ったり、水分補給にもなるんですって」

「へえ、はるみちゃんはお風呂に入るの。ふふふ」

母はとてもうれしそうな顔をした。

「風呂にも入るのか？　贅沢《ぜいたく》だなあ」

父は姉妹のエンドレスのジャンプ攻撃に付き合わされて、へとへとになっている。

「三十年くらい生きるかもしれないっていわれたから、私が責任を持って世話をするわ」

そういったとたん、両親は、

「三十年？」

と同時に声をあげ、顔を見合わせた。

「あらー、ずいぶん長生きなのねえ。私、三十年後っていくつかしら。あらー、八十をすぎちゃってるのね。お父さんは八十五よ」

「こりゃ、大変だ」

二人は寿命の三十年に衝撃を受けたらしく、さすがにカメは長生きだとか、そのうちこっちが世話をするんじゃなくて、はるみちゃんに面倒を見てもらわなくちゃならなくなるとか、くだらないことをいって笑っていた。

「はるみちゃんを看取《みと》ってあげるのを目標にして、私たちはがんばりましょ。そうすれば長生きする気にもなるじゃないの」

母の言葉に父も、

「そうだな。はるみちゃんを看取るまでは死ねないな」

と大きくうなずいている。そんな気持ちでカメを飼おうとしたわけでもないのに、両親にとっては新たな目標ができたようだった。

はるみちゃんの一挙一動が、家族の（といっても私たち人間だけだが）大きな関心事になった。レタスをむしゃむしゃと食べれば、

「大きなお口をぱっくり開けて、かわいいわねえ」

と目を細められ、水槽内を移動すれば、

「やっぱり速いなあ」

と感心される。眠気が襲ってきて目をしょぼしょぼさせると、それがまた愛らしい

と注目を浴びる。両親が声を上げるたびに、兄弟、姉妹はじとーっとしながら、様子をうかがっていた。

はるみちゃんは毎日、御飯をよく食べ、元気に動いた。うちにやってきてから一週間後、はじめて庭のテラスで日光浴をさせたが、万が一、脱走されたらたまらないので、両親と私とで庭に降り、三方をガードしての日光浴となった。テラスに降ろしてやると、最初はじっとしていたが、突然、スイッチが入ったかのように、たたたーっとテラスを横切った。

「パ、パパ、パパ、そっちにいったわよっ」

母が大声を出すと父は、

「お、おお、おお、わかった」

と中腰になって両手を広げている。

「へっぴり腰ねえ。そんな格好で大丈夫なのっ」

いったいどこへと三人で目を見開いていたら、はるみちゃんはテラスの隅に置いてある、ネコ草のところに一目散に走って行き、ぱくぱくと食べはじめた。

「あー、びっくりした」

ほっとしていると、ネコ草を食べ飽きたはるみちゃんは、また別の方向にたたたーっと走り出す。

「ほら、ママ、そっちにいったぞ」

「きゃー、どうしましょ」

勢いがつきすぎたはるみちゃんは、テラスから転げ落ちて、芝生の上にこてっと仰《あお》向《む》けになり、手足をばたばたさせた。

「びっくりさせないで。おてんばなのねえ」

母ははるみちゃんを手の上にのせて、顔をじっと見ながら話しかけた。するとはるみちゃんもじっと母の顔を見ている。

「お話はできないけど、いっていることはちゃんとわかってるのよね」

はるみちゃんはしばらく母の手の上でぼーっとしていたが、手足をばたつかせはじめたのでテラスの上に置いてやると、また矢のように走りはじめて、庭は大騒動になった。それを室内から眺めている兄弟、姉妹は、自分たちはのけ者にされたと、にゃあにゃあわんわんと網戸の向こうから猛抗議だ。

「はい、今日はおしまい」

三十分ほど日光浴をさせて、はるみちゃんは満足そうだったが、こちらは気疲れしてしまった。

週に一回の温浴の日も、両親参加である。最初は洗面器にお湯を張り、そこにはるみちゃんを入れてあげると、まるで人間が温泉に入ったときのように、

「ほー」

と脱力した顔をする。それを見た両親はまるで孫を風呂に入れているかのように、目を細める。

「気持ちがいいの、はるみちゃん。そう、よかったわねえ」

「風邪をひいたら大変だな。ちょっと温度計を持ってこよう」

父は温度計を片手に湯温の管理である。そこへやってきたのが、桃太郎である。

「何やってんだ、お前」

といいたいのか、洗面器の中にちゃぽっと浸《つ》かっている、はるみちゃんをじーっと見ている。

父は、

「桃太郎の話にカメは出てきたっけ」

と間抜けなことをいって、母に浦島太郎との区別もつかないのかと、呆《あき》れられている。しばらくはるみちゃんを見ていた桃太郎は、そーっと前足をあげたかと思うと、爪は出さずに丸い足先で、ちょんちょんと甲羅を叩《たた》いた。はるみちゃんは無反応であ

る。もう一度、叩いても反応がないので、桃太郎は興味を失って立ち去った。

「顔を合わせても喧嘩《けんか》のやりようがないみたいね」

母はほっとしていた。

はるみちゃんは病気にもならず、食欲旺盛《おうせい》で元気よく過ごしていた。ある夏場の猛暑の日、気温三十七度で全員が暑さでぐったりしていたときのことだった。

「はるみちゃんは砂漠生まれなんでしょう。こういう気温もきっと平気なのね」

母がつぶやいた。

「四十度くらいの場所にいるみたいよ」

「そう。じゃあ、今日みたいな日は、はるみちゃんにとっては気持ちがいいのね」

それを聞いた私は、はるみちゃんにも故郷の気分を味わわせようと、テラスの上に置いてあげた。はるみちゃんはのんびりと歩いている。さすがに夏場は体力温存で、一直線に走ったりしないのねと思いながら、一瞬、目を離した隙に、はるみちゃんがいなくなってしまった。

「ひゃああ」

びっくりしてあわてて捜しまくったら、植木鉢が並べてあるテラスの隅のほうから、

「きいいー、きいいー」

と、か細い悲しそうな声がする。のぞいてみると、はるみちゃんが植木鉢の陰に避難して、悲しそうに鳴き続けているではないか。

「ああっ、ごめんごめん」

あわてて助け上げて室内にいれてやると、しばらくして元気になった。心配なので近所の動物病院に連れていくと、

「日射病の手前だったかもしれないですねえ」

といわれて、背筋が寒くなった。砂漠にいるカメだからといって、猛暑が好きというわけではなかったのだ。

はるみちゃんは兄弟、姉妹とは、深い関わりはないが、いちおう仲間として認められているようだ。とことこと歩いていると、彼らはじーっと見てはいるものの手は出さない。ただ私たち三人の関心がはるみちゃんに注がれると、彼らの背中から嫉妬《しっと》の炎が燃え上がり、こっちもかわいがれと訴えてくるけれど、そんなことがあっても、はるみちゃんをいじめたりはしない。

兄弟、姉妹のように尻尾《しっぽ》を振ったり、舐《な》めてくれたりするわけではないが、はるみちゃんは人の気配を察すると、水槽の中にいても、いちばん近い場所まで走り寄ってきて、じーっとこちらを見ている。そんな姿を見ているだけで、愛《いと》おしい気持ちがあ

ふれてくる。父は物差しを手にして、

「また、ちょっと大きくなったぞ」

と喜んでいる。母は「もしもしカメよ、カメさんよ〜」とはるみちゃんの前で毎日歌い、当のはるみちゃんは、兄弟、姉妹たちから、「ホメラレモセズ、クニモサレズ」淡々と過ごし、こんな調子で八人家族はのんきに暮らしているのである。

本書は二〇一一年四月、小社より
単行本として刊行されました。

しっぽちゃん

群《むれ》ようこ

平成26年 4月25日　初版発行

発行者●山下直久

発行所●株式会社KADOKAWA
〒102-8177　東京都千代田区富士見2-13-3
電話 03-3238-8521（営業）
http://www.kadokawa.co.jp/

編集●角川書店
〒102-8078　東京都千代田区富士見1-8-19
電話 03-3238-8555（編集部）

角川文庫 18520

印刷所●旭印刷株式会社　製本所●株式会社ビルディング・ブックセンター

表紙画●和田三造

ISBN978-4-04-101315-1　C0193

角川文庫発刊に際して

角川源義

第二次世界大戦の敗北は、軍事力の敗北であった以上に、私たちの若い文化力の敗退であった。私たちの文化が戦争に対して如何に無力であり、単なるあだ花に過ぎなかったかを、私たちは身を以て体験し痛感した。西洋近代文化の摂取にとって、明治以後八十年の歳月は決して短かすぎたとは言えない。にもかかわらず、近代文化の伝統を確立し、自由な批判と柔軟な良識に富む文化層として自らを形成することに私たちは失敗して来た。そしてこれは、各層への文化の普及滲透を任務とする出版人の責任でもあった。

一九四五年以来、私たちは再び振出しに戻り、第一歩から踏み出すことを余儀なくされた。これは大きな不幸ではあるが、反面、これまでの混沌・未熟・歪曲の中にあった我が国の文化に秩序と確たる基礎を齎らすためには絶好の機会でもある。角川書店は、このような祖国の文化的危機にあたり、微力をも顧みず再建の礎石たるべき抱負と決意とをもって出発したが、ここに創立以来の念願を果すべく角川文庫を発刊する。これまで刊行されたあらゆる全集叢書文庫類の長所と短所とを検討し、古今東西の不朽の典籍を、良心的編集のもとに、廉価に、そして書架にふさわしい美本として、多くのひとびとに提供しようとする。しかし私たちは徒らに百科全書的な知識のジレッタントを作ることを目的とせず、あくまで祖国の文化に秩序と再建への道を示し、この文庫を角川書店の栄ある事業として、今後永久に継続発展せしめ、学芸と教養との殿堂として大成せんことを期したい。多くの読書子の愛情ある忠言と支持とによって、この希望と抱負とを完遂せしめられんことを願う。

一九四九年五月三日

角川文庫ベストセラー

三味線ざんまい　群　ようこ

固い決意で三味線を習い始めた著者に、次々と襲いかかる試練。西洋の音楽からは全く類推不可能な旋律、はじめての発表会での緊張——こんなに「わからないことだらけ」の世界に足を踏み入れようとは！

しいちゃん日記　群　ようこ

ネコと接して、親馬鹿ならぬネコ馬鹿になることを、「ネコにやられた」という——女王様ネコ「しい」と、御歳18歳の老ネコ「ビー」がいる幸せ。天下のネコ馬鹿が贈る、愛と涙がいっぱいの傑作エッセイ。

財布のつぶやき　群　ようこ

家のローンを払い終えるのはずっと先。毎年の税金問題も悩みの種。節約を決意しては挫折の繰り返し。〝おひとりさまの老後〟に不安がよぎるけど、本当の幸せって何だろう。暮らしのヒントが詰まったエッセイ。

記念写真　赤川次郎

荒んだ心を抱えた十六歳の高校生・弓子。彼女が海が見える展望台で出会った、絵に描いたような幸福家族の思いがけない〝秘密〟とは——。表題作を含む十編を収録したオリジナル短編集。

恋は、あなたのすべてじゃない　石田衣良

〝自分をそんなに責めなくてもいい。生きることを楽しみながら、恋や仕事で少しずつ前進していけばいい〟——思い詰めた気持ちをふっと軽くして、よりよい女になる為のヒントを差し出す恋愛指南本！

角川文庫ベストセラー

白黒つけます!!
石田衣良

恋しなくなったのは男のせい？　それとも……恋愛、教育、社会問題など解決のつかない身近な難問題に人気作家が挑む！　毎日新聞連載で20万人が参加した人気痛快コラム、待望の文庫化！

TROISトロワ
恋は三では割りきれない

石田衣良
佐藤江梨子
唯川恵

新進気鋭の作詞家・遠山響樹は、年上の女性実業家・浅木季理子と8年の付き合いを続けながら、ダイヤモンドの原石のような歌手・エリカと恋に落ちてしまった……愛欲と官能に満ちた奇跡の恋愛小説！

落下する夕方
江國香織

別れた恋人の新しい恋人が、突然乗り込んできて、同居をはじめた。梨果にとって、いとおしいのは健悟なのに、彼は新しい恋人に会いにやってくる。新世代のスピリッツと空気感溢れる、リリカル・ストーリー。

泣かない子供
江國香織

子供から少女へ、少女から女へ……時を飛び越えて浮かんでは留まる遠近の記憶、あやふやに揺れる季節の中でも変わらぬ周囲へのまなざし。こだわりの時間を柔らかに、せつなく描いたエッセイ集。

冷静と情熱のあいだ
Rosso

江國香織

2000年5月25日ミラノのドゥオモで再会を約したかつての恋人たち。江國香織、辻仁成が同じ物語をそれぞれ女の視点、男の視点で描く甘く切ない恋愛小説。

角川文庫ベストセラー

RIKO　林　真理子

昭和19年、4歳で満州の黒幕・甘粕正彦を魅了した信子。天性の美貌をもつ女性は、「浅丘ルリ子」として銀幕に華々しくデビュー。昭和30年代、裕次郎、旭、ひばりら大スターたちのめくるめく恋と青春物語！

結婚願望　山本文緒

せっぱ詰まってはいない。今すぐ誰かと結婚したいとは思わない。でも、人は人を好きになると「結婚したい」と願う。心の奥底に巣くう「結婚」をまっすぐに見つめたビタースウィートなエッセイ集。

そして私は一人になった　山本文緒

「六月七日、一人で暮らすようになってからは、私は私の食べたいものしか作らなくなった。」夫と別れ、はじめて一人暮らしをはじめた著者が味わう解放感と不安。心の揺れをありのままに綴った日記文学。

かなえられない恋のために　山本文緒

誰かを思いきり好きになって、誰かから思いきり好かれたい。かなえられない思いも、本当の自分も、せいいっぱい表現してみよう。すべての恋する人たちへ、思わずうなずく等身大の恋愛エッセイ。

再婚生活　私のうつ闘病日記　山本文緒

「仕事で賞をもらい、山手線の円の中にマンションを買い、再婚までした。恵まれすぎだと人はいう。人にはそう見えるんだろうな。」仕事、夫婦、鬱病。病んだ心と身体が少しずつ再生していくさまを日記形式で。